JN319446

文庫

雨　月

御宿かわせみ17

平岩弓枝

文藝春秋

目次

尾花茶屋の娘……7
雨月……38
伊勢屋の子守……70
白い影法師……104
梅の咲く日……140
矢大臣殺し……170
春の鬼……209
百千鳥の琴……246

雨月

尾花茶屋《おばなぢやや》の娘《むすめ》

一

朝の中《うち》に一雨あって、それが上った後は気温が上り、風も吹いて、さわやかな秋の気配になった。

築地から帰って来た東吾《とうご》が、不用になった番傘を片手に、「かわせみ」の裏木戸をくぐると、仔犬の啼《な》き声がした。

物干場の横の楓《かえで》の木の下に筵《むしろ》を敷いて、そこに五、六匹の仔犬が、よたよたと動き廻りながら平たい桶《おけ》に首を突っ込んで餌を食べている。

「おいおい、まさか、こいつが産んだんじゃあるまいな」

尻尾を振って出迎えた飼犬の頭を撫でてやって東吾がいうと、るいと一緒に仔犬の傍《そば》にしゃがんでいたお吉《きち》が、

「いいえ、若先生、それがシロ公の子だっていうんですよ」

待っていたように、いいつけた。

「よせやい、シロ公は雄だろうが……」

番傘を渡しながら、東吾が笑い、

「おっ母さんは、すぐそこのお稲荷《いなり》さんとこの茶っぽい犬なんですけどね」

お吉はいよいよ不服顔になった。

「つまり、父親がシロ公か」

「先方さんはそういうんですけど、うちはごらんのように塀があって、シロはひとりで外へ出ることとなんぞありゃしません。いくら毛並がそっくりだって、世間にシロみたいな犬はいくらもいるんですから……」

「要するに、お稲荷さんのところのお茶々さんの間男にされちまったのか」

東吾がふりむくと、白い犬が間《ま》が悪そうにのそのそと奥庭のほうへ歩いて行く。

もともと迷い犬で、どういうわけかるいの後について「かわせみ」へ来てしまい、そのまま居ついて数年になる。

来た当座にくらべると、体も大きくなったし、力もある。

ききわけのよい、大人《おとな》しい犬で、むやみに吠えることもない。

とりわけ、るいになついていて、声が聞えると庭のどこにいても走って来る。

「あんまりいい気になって手なずけるなよ。大川端の伏姫《ふせひめ》なんぞになられたら、かなわねえからな」

などと、東吾が冗談をいうほど、この家に馴染《なじ》んでいた。

「お稲荷さんじゃ、お前の所の犬が孕《はら》ませたんだから、仔犬をひき取れといって来たわけか」

居間で着替えをしながら、東吾が訊《き》き、るいが苦笑した。

「うちの若い衆がシロを散歩につれ出したのを、お稲荷さんの所の寺男の人がみたらしいんですよ。生まれた仔犬がそっくりだから、父親に間違いないって……」

「お嬢さんは人がよすぎるんですよ」

風呂の湯加減をみて来たお吉が口をとがらせた。

「お稲荷さんの犬は境内《けいだい》に放し飼いなんですよ。どこの野良犬だってもぐり込めるんです。第一、うちのシロが、あんな器量の悪い婆さん犬を相手にするもんですか」

るいがお吉をたしなめた。

「でも、万に一つってことがあったかも知れないし、たかが仔犬のことで、御近所とごたごたを起したくないじゃないの」

「いいですよ、もう二度と、あそこのお稲荷さんにはお賽銭《さいせん》を上げませんから……」

仔犬はその夜、かなりうるさく啼くかと思っていたが案に相違して、まことに静かであった。

翌朝、起きぬけに東吾が裏庭へ行ってみると、筵の上にシロが横になって、仔犬達はそのシロに抱きついたような恰好でよくねむっている。

「お前は、男のくせに面倒みがいいんだな」

起き上ろうとするシロを手で制して、東吾は居間へひき返した。

その日の夕方に、「かわせみ」に客があった。

蔵前の料理茶屋、尾花屋の番頭の喜左衛門という男で、

「手前共で昵懇《じっこん》にお願い申して居りますお方をお一人、暫《しばら》くの間、お宿を願えませんでしょうか」

と頼みに来た。

蔵前の尾花屋といえば、上方風の料理茶屋として名の知れた店で、場所柄、大身《たいしん》の武士や富豪の顧客が多い。

「かわせみ」にとっても、ないがしろには出来ない相手なので、嘉助《かすけ》がいろいろ訊いてみると、泊めてもらいたい客というのは、旗本の建石左門という人物の末弟で捨三郎といい、今年二十二歳になる侍とわかった。

「若気のいたりと申しますか、少々、女道楽が過ぎたようで、御当主の兄上様が屋敷においてはなにかと障《さわ》りがある故、当分の間、あずかってもらえないかと、手前共の主人にお頼みになりまして……」

この夏から尾花屋の向島の寮で面倒をみていたのだが、

「秋になりますと、諸国から蔵前に出ておいでになる方々が多く、手前共の向島の寮を

便宜にお使い下さる場合が少くございません。何分にもわさわさ致しますし、捨三郎様も落ちつかれぬことと存じまして……」

宿料のほうは尾花屋が責任を持って支払いをするし、その他にもなにか入用のことがあれば、その都度、勘定書を廻してくれという。

別段、断る筋でもないので、嘉助はるいに報告をし、建石捨三郎のために、萩の間という、「かわせみ」では上等の部屋を用意することにした。

尾花屋の番頭は早速、五両をあずけて帰り、翌日の午《ひる》すぎに駕籠《かご》で当人がやって来た。

るいは嘉助やお吉と共に出迎えたのだが、旗本の子弟というよりも遊芸の師匠にでもなったほうが似合いと思われるような華奢《きゃしゃ》な体つきの若者であった。

目鼻立ちは女のように優しいが、にやけた感じはなく、二十二という年齢よりも若くみえる。

早速、部屋に案内し、食べ物の好みや、あらかじめ何か註文があれば承っておきたいと申し出たが、捨三郎は泥鰌《どじょう》の他はなんでも食べるし、酒も自分が頼んだ時だけでよいという。

口調もの静かだし、総体に品がよく、その上、ふんぞり返ったところがない。

「やっぱり、お旗本の御子息様というのは違いますね」

とお吉が感心し、

「あんな男前では、女の間違いがあっても仕方がございませんよ」

と弁護をした。

嘉助は「かわせみ」の番頭という立場上、それとなく捨三郎に気をつけていたが、彼の日常は極めて平凡なものであった。

で、五日ばかりして、東吾から、

「変った客をあずかっているそうだな」

と水をむけられて、得たりと思っていたことを口に出した。

「まあ、仮にも旗本のお家に生まれて、ああ柔弱では、お上の御用には立ちますまいが、お人柄がそう悪いとは思えません」

今のところ、夜遊びに出かけることもなく、たまに出かけるのは、貸本屋の店ぐらいのもので、

「それも、女子供が喜びそうな黄表紙や読本《よみほん》ばかりを持ってお帰りで……」

侍ならもう少し鹿爪《しかつめ》らしい本を読めば、武術で立てなくとも、学問でなんとかなろうものを、と昔気質《かたぎ》の嘉助には歯がゆくみえるらしい。

「三男坊じゃ、無理もないな」

東吾が屈託のない調子でいった。

「講武所にも似たような連中が来ているが、竹刀《しない》をふり廻すより、髪の結い方だの、履物《はきもの》に凝ったりして、そいつを若い女が騒ぐんだ。ま、考えてみりゃ、剣術にせよ、学問

にせよ、それで出世の出来る御時世じゃないんだ」

嘉助が困った顔をしたのに気がついて、東吾は笑い出した。

「もっとも、そういう俺も次男坊だが……」

「若先生は御立派でございます。剣の修業をなすって、ちゃんとお仕事をお持ちでございます」

「兄上のおかげさ。もっとも、俺はあまり、そういうことにこだわらない性質《たち》だが……」

ちょうどその時、噂の当人が帳場へ出て来た。

煙草を切らしたというので、嘉助が早速、買いおきを出して渡す。

「御退屈ではありませんか」

東吾が声をかけ、建石捨三郎は人なつこい笑顔で応えた。

「いや、そうでもありません。一日を無為に過すのに馴れて居ります」

東吾を「かわせみ」の亭主と承知している様子であった。

「そこもとは、講武所の教授方をして居られるとか」

武芸のたしなみのある方は羨《うらや》ましいと、さして皮肉のようでもなくいった。

「手前は侍には向かぬように生まれつきまして、芸人になろうかと存じたこともありましたが、存外、無器用でものにならず、商人として立つには算盤《そろばん》が駄目です。一番よいのは、金持の家の入り聟《むこ》になることでしょうが、なかなかうまく行きません」

どこまでが本音なのか、さらさらと一人で喋って、煙草を一服し、さりげなく自分の部屋へ戻って行った。

二

それから数日後、東吾は講武所の帰りに畝源三郎《うねげんざぶろう》と出会った。

「実は東吾さんのお耳に入れておきたいことがあったのです」

お手間はとらせませんからと近くの番屋へ東吾をひっぱり込んだ。

番太郎は心得ていて、ぬるい茶を汲んで出すと外へ出て行く。

「こないだ、かわせみへ宿帳改めに寄ったのですが、建石捨三郎と申す客のことが少々、気になりまして……」

東吾は律義な友人を眺めた。

「あいつは変っているが……別に悪い奴にもみえないぞ」

「建石捨三郎の御当主は建石左門どの、千二百石、大番組、副組頭をつとめて居られます」

大番組は武官であった。

「御当主は長男で、次男の敬二郎どのは同じ旗本の石橋好一郎どのの聟養子に入っています」

「あいつだけが養子先がみつからないのだろう」

「そんな、のんびりした話ではありません」

源三郎が声を低くした。

「あの仁《じん》が、何故、尾花屋の厄介になっていたか、御存じですか」

「そういえば、女でしくじったとか、尾花屋の番頭がいっていたそうだが……」

「相手は、左門どのの奥方だったということです」

流石《さすが》に、東吾も眉をひそめた。

人妻で、それが兄嫁となると、密通の中でも厄介である。

「ばれたのか」

「なにもかも承知の上で、左門どのは奥方を病気療養のためという理由で実家へ戻し、その上で離縁されたそうです」

「やれやれ」

「それが、この夏のことで、奥方は川越の知り合いの寺へあずけられ、いずれは髪を下すことになるという噂です」

「世間へ洩《も》れたのか」

「そういうことは、かくしてもかくし通せるものではありませんからね」

源三郎がほろ苦い表情をする。

「最初、左門どのは御舎弟を切腹させようとしたそうですが、それではことが公《おおや》けになると周囲が諌《いさ》めて、なんとか命を助けたとか」

「尾花屋は、なんで、そんな厄介者をあずかったんだ」

「尾花屋の先代は、建石家に奉公していたので……今の尾花屋の主人、幸兵衛の父親ですが、それが左門どのの祖父に当るお方に仕えて居りまして、縁あって尾花屋の聟になり、両刀を捨てて、料理茶屋の主人になったとききました」

つまり、旧主に当る建石家の悶着《もんちゃく》に、やむなく捨三郎をあずかる破目になったということらしい。

「迷惑至極だな」

おそらく、建石家の親類か知人かが、尾花屋へ白羽の矢を立てて、頼み込んだのだろうが、捨三郎が家を出された理由を考えると、これは、おいそれと屋敷へ帰れない。

「いつまで、かわせみに滞在するのか知りませんが、とにかく、そういう事情の男であることを東吾さんから嘉助やお吉の耳に入れておいて下さい」

よもや、これ以上なにかがあるとは思えないが、と、そこは例によって要心深い源三郎のことで、わざわざ、建石家の事情を調べて来てくれたものであった。

「いつも、すまない。一応、内儀《かみ》さんの耳にも入れておくよ」

源三郎と別れて大川端まで戻って来ると、「かわせみ」の帳場のところで、るいと嘉助が途方に暮れている。東吾の顔をみて、るいが救われたように立って来た。

「お帰り遊ばせ」

太刀を受け取るのをみて、

「そこで源さんに会ったんだが、例の萩の間の客……」

といいかけると、

「そちらに、お客がみえましたの」

るいがいい、嘉助が、

「うっかり致しました。手前がつい、お通ししてしまいまして……」

と頭を下げる。

「客というと……誰だ」

ひょっとすると、建石家から誰かが来たのかと思ったのだが、

「それが、尾花屋さんの娘さんでして、手前には、お父《とっ》つぁんの名代《みょうだい》で来たとおっしゃいますので、何気なく……」

いささか忌々《いまいま》しそうな嘉助の口ぶりである。

「父親の用事ではなかったのか」

るいが嘉助と顔を見合せるようにした。

「お吉がお茶を持って参りましたら、大事な話があるから近づかないようにと、建石様がいわれまして……それから、もう一刻《いっとき》（約二時間）余りになりますの」

「一刻余りか」

ふっと東吾が笑い出した。

「色事なら、そんなものだろう」

廊下のむこうから、お吉が姿をみせた。

「今、帰るみたいですよ」

緊張し切っている。

「のぞきに行ったのか」

東吾に訊かれて、まっ赤になった。

「好きで行ったわけじゃありません。なにかあったら大変だから……」

足音が聞えて「かわせみ」一同は口をつぐんだ。

捨三郎がこっちをみて、悪びれた様子もなく、

「お里どのが乗って参った駕籠は、まだ待って居りましょうか」

と訊く。

嘉助がうなずいた。

「さっきから、だいぶ、まだかまだかと催促をして居りますが……」

「それは、すまぬことをした」

捨三郎がふりむくと、廊下の奥から娘が髪に手をやりながら現われた。

流石《さすが》に顔を上げる勇気はないらしく、うつむいたまま会釈をし、嘉助がそろえた草履を突っかけると、すぐ外へ出て行った。

捨三郎のほうは見送らず、さっさと奥へ去った。

「帰りました」

外まで出ていた嘉助が暖簾《のれん》をくぐって来て、

「どうも、なんともはや」

前掛のあたりを意味もなくはたいた。

萩の間にこもって一刻余り、二人がなにをしていたかは、お里という娘の上気した顔や、なんとなく着崩れした姿をみれば、容易に想像がつく。

「どういうんですかね。堅気の娘さんが昼日中、男のところへやって来て……うちは出逢い茶屋じゃないって、あちらさんに申し上げましょうか」

いきり立っているお吉を東吾がなだめた。

「野暮はいうなよ。頭に血の上ってる連中に、恥かしいも、きまりが悪いもあるもんか」

るいをうながして居間へ入った。

「別に、私ども、野暮を申しているわけではございませんの。お二人のことを、尾花屋さんの御主人が御存じかどうか、それを嘉助も心配して……」

弁解するのに、東吾は素直にうなずいた。

「そりゃあそうだ」

「どうお思いになります」

「父親が、娘の色事を知っているかどうかってことか」

「ええ」

「知らねえだろうな。いや、知ったんで慌てて、捨三郎をここへ移したのかも知れない」

「私も、そんな気が致しますの。でしたら、今日のこと……」

「仕方がないだろう。親父の用で来たというのを、まさか門前払いも出来まい。おまけに尾花屋は、もし、娘が訪ねて来ても捨三郎に会わせねえでくれと、こっちに頼んでいったわけじゃないんだ」

「私どもの手落ちにはなりませんよね」

それでも、るいはすっきりしないようであった。

「ここまで、男の方を訪ねて来るなんて、娘さんにとって、随分、勇気の要ることだったと思いますけど……」

二人の恋のさきゆきに、少しでも見込みがあるのだろうかと心配しているるいに、東吾は源三郎から聞いて来た建石捨三郎の行状を話した。

「お兄様の奥方と密通なさったんですか」

忽《たちま》ち、るいは唇まで青ざめた。

「そんな怖ろしいことを……」

「あいつ、大人しそうな顔をしてやがって、けっこう、いい度胸だよ」

姦通は重ねておいて二つにされても苦情がいえない世の中のならわしであった。

「もっとも、度胸があってそうなったのか、なりゆきでずるずる深みにはまったか、結果だけじゃわからないが……」

「そんなお人だから、尾花屋さんでも気をつけてお出《い》でだったんでしょうのに……」

「若い女は無分別だからな。おまけに、あいつ、ちょいとばかり男前だ」

「私は嫌いですわ。あんな、なよなよした気味の悪い人……」

「そういってくれると安心だ。女房に間男された亭主ってのは、恰好の悪いものらしいからな」

「私が、そんな馬鹿なことを……」

涙声でるいがすがりつき、

「おい、よせよ。冗談にきまってるだろう」

居間は、まるで二人が恋仲の時代に戻ったようなさわぎになった。

その日はそれで片づいたが、「かわせみ」の心配は、尾花屋のお里がやって来た日から、捨三郎の外出が増え出したことで、二日おき、三日おきぐらいに文が来る。

時刻もまちまちだが、捨三郎が出かけてから帰って来るまでが、およそ小半日、外まで見送る嘉助の報告だと、豊海橋《とよみばし》の袂《たもと》の船宿から猪牙《ちょき》を頼んで出かけるので、それとなく船宿へ訊いてみると、舟から上るのは吾妻橋の手前、駒形と決っているという。

駒形といえば、尾花屋のある蔵前にも近いし、吾妻橋を渡れば、尾花屋の寮のある向島、更には浅草寺の周辺へ行けば、若い男女が忍び会いをする場所もないわけではない。

「よけいなお節介かも知れませんが、念のため、捨三郎様の行く先を見きわめておいたほうがよろしいかと……」

嘉助がいい出して、ちょうど仔犬をもらいに来た深川長寿庵の長助《ちようすけ》が、

「そういうことなら、あっしが……」

と探索の役目をかって出た。

三

ぼつぼつ、文が来る時分とあて込んで、朝から長助が「かわせみ」へ来ていると、うまい具合に午《ひる》少し前に便が来た。

受け取った捨三郎がすぐに身仕度をして「かわせみ」を出かけるのを、長助が尾《つ》けて、あらかじめ、豊海橋から舟に乗るのを承知しているから、長助のほうも若い衆が猪牙を用意して橋の近くにもやっておいたのにとび乗って適当に距離をおいて追跡した。

そして夕方、秋の陽が大川端を染めて「かわせみ」の屋根も庭も茜色《あかねいろ》に包まれた頃、捨三郎より一足遅れて長助が裏口から入って来た。

「やっぱり、向島の寮でさあ」

水戸様の下屋敷のすぐ裏手、小梅村に尾花屋の寮がある。

「寮と申しましても、かなり広うございまして、客を招いて料理も出せる、旅籠《はたご》がわりに泊めることも出来るといった立派なものでございます」

庭続きで離れ家もいくつか建っているのだが、長助のみたところ、どうもその一つに

捨三郎は忍んで行ったらしいという。

「裏木戸からすぐのところで、どうやら木戸の桟《さん》も内側からはずしてあったようで、するりと入って行きやした」

長助が驚いたのは、同じ寮の中にかなり人がいることで、

「奉公人も一人や二人ではございません。客の出入りも……こいつは表の門のほうからでございますが、けっこう頻繁でして……」

近所で訊いてみると、この季節は例年、地方から蔵前へ用足しに出て来る役人と商売で接触する者達が、尾花屋の寮を重宝に使っていると知れた。

「まあ、ごたごたして居りますんで、かえって目立たないのかも知れませんが、親にかくれての媾曳《あいびき》というんでございましたら、大胆なことで……」

もう一つ、ついでに長助が蔵前を廻って調べてきたところによると、尾花屋のお里は一人娘、母親は早くに歿《なく》なって、父親の幸兵衛が甘やかし放題にしている。

「おまけに縁談も決って居りまして、只今は上方へ修業に行って居る要助と申す男、これは、幸兵衛の遠縁に当る者だそうですが……そいつと夫婦になる約束が二年も前に出来ているという話です」

るいや嘉助と一緒に長助の報告をきいていた東吾が口をはさんだ。

「その要助とかいう奴は、いつ、江戸へ帰って来るんだ」

「この秋といっていました。帰り次第、お里さんと祝言《しゅうげん》をさせるってことでして、その

仕度に呉服屋なんぞが始終、出入りをしているようです」

るいが東吾の顔色を窺った。

「幸兵衛さんは、気がついていないんじゃありませんか」

少くとも、「かわせみ」に移した捨三郎が向島まで呼び出されて、お里と逢っているのは知らないに違いないといった。

「お智さんが上方から帰って来るんですもの、知ってりゃ放っとく筈《はず》がありませんでしょう」

嘉助も長助と同意見であった。

「尾花屋の奉公人の話では、向島の寮に客が多いんで、お里さんはそっちの接待のために行っているんだそうで、親父の目の届かねえのをいいことに、捨三郎をひっぱり込んでいるのに違いありませんや」

そんな話をした翌日の午後、東吾は講武所の帰りに、浅草蔵前へ寄り道をした。

昨日、長助にことづけておいたので、畝源三郎が一足先に蔵前の自身番で待っていた。

とにかく、尾花屋をみたいという東吾の求めで、二人揃って蔵前へ鳥越橋を渡った。

尾花茶屋は森田町にあった。

幕府の直轄米をおさめる浅草御蔵を前にして、料理茶屋としては堂々たる店がまえである。

ちょうど東吾達が店の前を通りかかった時、逆の方角から四十がらみの背の高い男が町役人《ちょうやくにん》と一緒にこっちへ歩いて来る。

「あれが、尾花屋幸兵衛です」

そっと源三郎がささやいた。

「商売にも熱心ですが、遊びのほうも盛んなようで、吉原の妓を落籍《ひか》して妾宅に住まわせているとか、深川に馴染がいるとか、まあ女房がいないので、世間もうるさいことはいいませんが……」

さりげなく路地へ抜けてから、源三郎がいった。

「頑固そうな男だな」

「奉公人は古参の番頭まで、幸兵衛のいいなりだそうです。なんでも一人で決めて一人でやって行くといった具合で……」

ぐるりと廻って自身番へ戻って来ると、このあたりの岡っ引で助五郎というのが来ていた。

「この節、尾花茶屋の評判はどうだ」

源三郎が訊くと、額を叩いて答えた。

「店は繁昌して金がもうかって笑いが止まらないといったところでしょう。なにしろ、旦那が大変なやりてですから……」

「旗本の三男坊を居候させているそうだな」

と東吾。

「始終、あっちこっちの厄介者の面倒をみているんで……また、そいつが商売につながりますから……」

「しかし、下手な人間の面倒をみて、箱入り娘に虫がつく心配はないのか」

「お里さんのことなら、とんだ箱入り娘ですよ」

助五郎がとんでもないことをいい出した。

「あの娘は、子供の頃からこの町内の女大将で、金はふんだんに持たされている。器量もいいから、餓鬼連中はみんないいなり次第で男を男とも思わねえ。結局は男のおもちゃになっちまうんですが、当人はちやほやされていい気分でいるんです」

「父親は気がつかないのか」

「気がついた時は、あとの祭でさあ。早い話が、ついこないだまでは、浅草の聖天《しょうでん》さんの近くに住んでいた清三というやくざ者《もん》と夫婦気取りでいちゃついていたりしまして」

「そいつとは切れたのか」

「切れたもなにも、清三が仲間の喧嘩で殺されちまって、それっきり。ま、尾花屋にとってはなによりってことでござんしょう」

「清三が殺されたのはいつなんだ」

「先月十八日で……」

茶を一杯飲み、東吾が帰りかけると、源三郎がついて来た。

「だいぶ、清三が気になっているようですね」

東吾が苦笑した。

「清三の次が捨三郎ってことだろう」

男なしではいられないのか、家が寂しくてそうなるのか。

「つまりは同じことなんだろうが……」

「そんな人間は、この世の中、掃いて捨てるほど居りましょう」

「その通り。みんななんとかやっているんだ。甘ったれちゃいけねえやな」

お節介もこの程度にしておこうと、東吾が大川端へ帰って来ると、裏庭で仔犬を眺めている捨三郎の姿がみえた。
五、六匹はいた仔犬が二匹になっている。
「今日、又、一匹、もらわれていったそうですよ」

誰に聞いたのか、捨三郎がぽつんといった。

「犬をもらってくれる家はあっても、人間をもらってくれる家はあまりないようです」

笑いもせずいうのを聞いて、東吾は捨三郎に近づいた。

「あんた、尾花屋の聟に入るつもりなのか」

捨三郎の表情は変らなかった。

「手前は、料理茶屋の亭主には向きません」

「しかし、お里は一人娘だぞ」

「あの娘が手前に近づいたのは、惚れたわけではないようです」

けろりとした口調であった。

「では、なんだ」

「わかりませんが、なにか思惑《おもわく》があるのでしょう。手前には、どうでもよいことですが」

「お里が、どうしてもあんたと一緒になるといったら、どうする」

「断ります」

「何故……」

「そういう気には、なれませんので……」

「つまり、もちかけられたから相手をしているといいたいのか」

「その通りです。手前にとっても気晴らしにはなります」

「悪い奴だな、あんたは」

むかむかしたものを抑えて、東吾はいった。

「仮にも尾花屋の厄介になっていて、その言い草はないだろう」

僅《わず》かな間があって、突然、捨三郎が腰をひねると抜き打ちに斬りつけて来た。

反射的に抜き合せて、東吾はその太刀をふり下さなかった。

捨三郎は東吾の太刀の下に、無抵抗に体を沈めている。

「なんの真似だ」

素早く太刀を鞘《さや》へおさめて、東吾は怒りを爆発させた。

「やけになっているのか、捨て鉢なのか、自分自身に嫌気がさして死にたくなっているのか、そんなことはどうでもいい。自分の始末ぐらい自分でつけろ。これ以上、他人に迷惑をかけるのはやめにすることだ」

茫然と突っ立っている相手を睨みつけて、東吾は居間へ入った。出迎えたるいに、

「あいつに出て行ってもらえ」

といった。

「尾花屋からあずかった金なんぞ叩き返しちまえ」

るいは目許《めもと》を笑わせて、

「承知しました」

といい、あっさり帳場へ出て行ったが、間もなく嘉助と戻って来た。

「あちらから出て行きましたの、長らく御厄介をかけたといって……」

胸につかえていたものが急にはずれた感じで、東吾は間の抜けた声を出した。

「出て行ったのか」

「尾花屋さんへは、手前が行って参ります。お金をお返し申して、お宿を致すことお断り申して参ります」

嘉助が出て行くと間もなく、お吉がとんで来た。

「萩の間のお客が、仔犬を一匹もって行ったそうです。くれともいわないでつまみ上げて行っちまったそうです」

追いかけてみたが姿が見えなかったといった。

縁側にすわり込み、庭を眺めて、東吾は腹の中の怒りが鎮まるのを待った。

抜き打ちをしかけて、東吾に自分を斬らせようとした捨三郎という男のやり方を汚いと思う一方で、哀れな気がしないでもない。

その東吾が風呂に入り、るいと夕餉《ゆうげ》の膳についた頃、嘉助が帰って来た。

尾花屋幸兵衛は、

「思うところがございまして、手前どもでは今日限り、建石捨三郎様のお宿は致しかねます」

と挨拶した嘉助に、なにもいわず、金だけ受け取ったという。

「どうも、俺はかわせみに損ばかりさせるなあ」

つい、笑った東吾に、るいがあでやかに微笑《ほほえ》んだ。

「私も、ああいうお金は頂きたくございませんもの」

嘉助までがその尾についていった。

「手前も、金を返して尾花屋を出ます時、実にいい気持でございました」

笑い声が廊下にまで広がって、酒を運んで来たお吉が、何事かという顔をした。

その夜の東吾は、嘉助を相手にしていつもより酒量が増えたが、るいと二人きりになると、晴れた夜空を仰いで、いくらか気の弱い調子でいった。

「あいつ、いったい、どこへ行ったろう」

るいは黙って、そんな人のいい亭主に半纏を着せかけた。

この二、三日、夜がめっきり涼しくなっている。

四

「かわせみ」を出た建石捨三郎は尾花屋へ戻った様子はない、と畝源三郎が知らせて来た。

「ついでに調べて来ましたが、番町の建石家へ帰っている様子もありません」

おまけに当主の建石左門は、弟の失踪の報告に対して、

「あのような者は、野垂れ死をするのが分相応だ」

といいはなったという。

養子に行った次兄も、自分のところに捨三郎が立ち寄らないのを、むしろ、ほっとしているようで、親類ですらも、もう彼のことで厄介をかけられるのは真っ平といった姿勢で、調べて廻った源三郎は流石にいい気持ではなかったらしい。

「東吾さんに斬られようと仕かけるなんざ、侍の風上にもおけませんし、尾花屋の娘とのことも不快きわまりない男ですが、血の続いた連中がそろってああいう態度をみせますと、なんだか気の毒な感じでもありますね」

そもそもは兄嫁と密通したのが間違いだが、それとても因《もと》を探れば、捨三郎だけに罪をきせるのはどんなものだろうかと源三郎はいう。

「なんにしても、ああいう男はけっこうしたたかですから、どこかで、又、女に惚れられたりして、面白可笑《おか》しく暮しているかも知れませんよ」

と源三郎はいったが、東吾にはどうもそういうふうには思えなかった。

その月の終りに、最後の一匹になった仔犬を長助が取りに来た。

「なにしろ、うちで最初にもらって行ったのが、えらく利口でござんして、御近所の方がかしこい犬だ、かわいいと賞《ほ》めてくれまして、そいつを聞いた人が、まだ仔犬が残っているならもらいたいといいましてね」

捨三郎が持って行った一匹をのぞいては、みんな深川界隈《かいわい》の飼い犬になった。

犬の話のついでに、長助が語ったのは尾花屋の婚礼であった。

「上方から要助さんが帰って来まして、早速、祝言をあげましたんで……娘っ子っては化けるもんですねえ。まっ白けな花嫁衣裳のお里さんをみている分には、あの人ににがあったかなんて知らねえ者は想像も出来ませんよ」

例によって、ぼんのくぼにちょいと手をやって、長助はかなり大きくなった仔犬の首に縄をつけて曳《ひ》いて行った。

月が変ると大雨の日が続いた。

江戸の川はどこも濁流になってすさまじい光景だが、幸いというかまだ町家で水につかったところはない。

そのどしゃ降りの中を、畝源三郎が「かわせみ」へやって来た。

「思いがけないところから思いがけないことを耳に致しましたので、お知らせに寄りました」

汚れているからと上にはあがらず、帳場の横の板敷へ腰をかけた恰好で、ちょうど帰っていた東吾に話した。

「建石捨三郎ですが、川越の寺で心中をしたそうです。相手は、離縁になった兄嫁だといいます」

建石家では捨三郎を人別《にんべつ》から抜き、菩提寺へ葬ることをせず、人をやって川越で始末をさせたらしい。

源三郎が帰ったあと、東吾は帳場にすわり込んだまま、長いこと大地に叩きつけるような雨足を眺めていた。

更にそれから十日。

降ったりやんだり曇ったりと、相変らずすっきりしない天気が続いて、大川の秋景色が急に寒々として来た朝に、畝源三郎が顔を出した。

「格別、お知らせするほどのことではありませんが、いずれ、お耳に入るだろうと思いまして……」

昨夜、尾花屋のお里が綾瀬川に身を投げたといった。

「覚悟の自殺でございまして、父親や亭主の要助にあてた遺書も残って居りました」

それによると、自分が懐胎している子は、要助の子ではなく、父親は建石捨三郎であること、夫にも父親にも申しわけなく詫びのために死ぬとはっきり書いてある。

「ですが、少しばかり平仄《ひょうそく》の合わないことがございます」

ここだけの話にしておいて下さい、と断って、源三郎は懐《ふところ》から一通の書状を出した。

それは、お里の死体をあらためた医者の書いたもので、

「お里は、みごもって少くとも半年以上になっていると申すのです」

胎児が六カ月以上にまで育っていたということは、先月、夫婦になったばかりの要助の子では勿論ないが、

「建石捨三郎の子というのも、無理なのです」

と源三郎はいった。

建石捨三郎が兄嫁との密通が発覚し、勘当同然に屋敷を出されて、尾花屋へ身を寄せたのは、この夏、七月になってからのことであった。

どう指を折っても四カ月そこそことなる。

東吾が源三郎をみつめた。

「医者の診立《みた》てに間違いはないのか」

源三郎がゆっくり首をふった。

「素人の言葉ではないのですから……」

「そうだなあ」

腕を組んで、東吾は庭のむこうに広がる大川をみつめるようにした。

「すると、いつぞや、助五郎のいっていた清三という男が、父親なのか」

「そう考えるのが自然でしょう」

「お里は、気がつかなかったのか」

「女のことはよくわかりませんが、医者は気がつかない筈はないと申して居りました」

清三の子とわかっていて、何故、お里は遺書に、建石捨三郎を名指したのだろう。しかも、その男もすでにこの世にない。

「そういえば、捨三郎が奇妙なことをいっていたよ」

深い霧が、やや薄くなったように、東吾は記憶の糸をひっぱった。

「あいつは、お里が自分に惚れてこうなったのではないといいやがった。理由はわからないが、なにか思惑があってのことだ、と」

「思惑ですか……」

お里の家に捨三郎が来た時、お里の恋人の清三は喧嘩で命を落している。

「今、六月《むつき》の身重とすれば、その時分は二月《ふたつき》ぐらいだろう」

うすうすでも、お里に受胎の意識があればどうだろうかと東吾はいった。

「自分が清三の子をみごもっている。やくざの子では、父親も世間も娘のふしだらを責めるだけだろう。しかし、相手が主筋《しゅうすじ》に当る人の子ならば……」

父親も泣き寝入り、世間もまあ仕方がないということになる。

少くとも、やくざの子より、旗本の御子息様の子をみごもったほうが、お里の立場は多少なりとも恰好がつく。

「では、お里はみごもった子供を捨三郎の子ととりつくろいたいために、捨三郎に抱かれたというわけですか」

源三郎があっけにとられた。

「男には想像も出来ないことだが、そう考えると捨三郎のいった言葉が納得出来る」

それにしても、捨三郎の子をみごもったことにして遮二無二《しゃにむに》、父親を説得し、夫婦になるつもりだったお里の計画は、捨三郎が江戸を去ったことで御破算になった。

「お里って娘は、突っぱりの見栄っぱりだったんだろうなあ。子供が生まれちまえば、顔をみれば誰の子かわかる。第一、要助って男に肩身のせまい思いもしたくない。まして離縁になんぞ死んでもなりたくないと思ったんだろう」

我儘《わがまま》に育って、話し相手もなく、孤独で意地っぱりだった娘の姿が目に浮ぶようで、東吾は憮然とした。

「それにしても、捨三郎にせよ、お里にせよ、なにもそんなことで死ぬまでもないと思うのは、手前が他人のせいでしょうか」

源三郎の言葉に東吾は、いつもの彼らしくなく、低く笑った。

「なあに、俺達が野暮で、まともすぎるからさ」

廊下のむこうから、るいが犬を呼ぶ声が聞えている。
秋の朝は漸《ようや》く、さわやかに晴れて来た。

雨月《うげつ》

一

この秋、江戸は長雨であった。

たまに晴れても三日と保《も》たない。

それでも十三夜が近づく頃になって、やや天気が回復のきざしをみせはじめた。

「東吾さんは、花になんぞ興味がないでしょうね」

この近くまで来たついでにといって大川端の「かわせみ」へ立ち寄った麻生宗太郎《あそうそうたろう》が、
久しぶりにお吉が張り切って作った蕎麦《そば》がきを食べながらいった。

すっかり簾戸《すど》が片づけられ、障子の白さが目にしみるような夫婦の居間である。

「花が、どうかしたのか」

女房のいれた煎茶茶碗を片手に、東吾があまり気のない調子で訊《き》く。

「大体、東吾さんに風流の話をしても無駄ですからね。先月の十五夜が無月だったというのに、月より団子だとぱくぱく食って御機嫌だったそうですから……」

「仕方がないだろう。いくら待ったって雲が厚くてお月さんが顔を出さねえんだ。せめて団子でも食っていなけりゃ間《ま》が保たねえ」

「我が家の女房もいっていましたよ。昔っから、花が咲こうが虫が鳴こうが棒っきれふり廻してとび歩いている人だと……」

「七坊《ななぼう》の奴、ひでえことをいいやがる」

「おるいさん、そうでしょう。東吾さんは花になんぞ、まるっきり気がない人ですね」

宗太郎の口調は、どことなく東吾を挑発しているようなところがある。それがなんのためなのか、るいは知っていた。

東吾が講武所から帰って来る前に、あらかじめ宗太郎と打合せが出来ていたからである。

「本当に、うちの旦那様は、花のことはなにも御存じなくて、七重様がおっしゃるように風流なんてものには、まるで御縁がありませんの」

蕎麦がきに満腹した東吾が、二人の企みについ、ひっかかった。

「なにいってやがる。俺だって風流ぐらい百も承知だ」

「たまには、ゆったりと花を愛《め》で、鳥の声に耳をすますなんてことは、時間がもったいない。それより酒でも飲んで、ひっくりかえっていたほうが、と思うでしょう」

「誰がそんなじじむさいことを考えるか」

「では、行きますか」

「なに……」

「五間堀の近くに、神保三千次郎どのといわれる旗本の屋敷があります。先代は麻生の義父《ちち》の碁友達でしたが歿《なくな》りました。今は御子息が家督を継いで居られますが、この夏、大病をしまして、幸い、手前の匙《さじ》加減がよろしかったので無事、本復しました。まあ、そんなこともあっていよいよ昵懇《じっこん》にしているのですが、屋敷内が広くて、なにしろ、敷地の中に五間堀が入り込んでいるくらいのものです。そのべら棒に広い庭に菊畑があってぼつぼつ花が見頃なのですよ。七重がおるいさんをお誘いしたいと申すのですが、どうです。東吾さんも一緒に行きませんか」

例によって、とぼけたことを真面目な口調でいって、宗太郎はにこにこ笑っている。

結局、東吾は翌日、女房連れで菊見に出かける約束をさせられた。

「おるいさん、うまく行きましたね。では、明日、お待ちしていますから……」

帰りしなに、宗太郎はるいに耳打ちし、憮然としている東吾を可笑《おか》しそうに眺めて「かわせみ」の暖簾《のれん》を出て行った。

うまくのせられたと、東吾も気がついていたが、たまには揃って菊などをみに出かけたい、るいの女心もいじらしくて、なにもいわないことにした。

で、るいは、とみると、これは簞笥《たんす》を開けて、明日、東吾に着せる結城《ゆうき》の着物に袴《はかま》、それに羽織をえらんでから、さあ、自分はなにを着て行こうかと思案投げ首の体《てい》で、そうかと思うと慌《あわただ》しく手を叩いてお吉を呼び、麻生家へ持参する土産の鮮魚の註文をするようといいつけたりしている。

そのあげく、

「明日、お天気だとようございますね」

とくどいほど繰り返していたが、その思いが届いたように、翌朝は見事な秋晴れになった。

東吾のほうは、いつも通り軍艦操練所へ顔を出し、着がえに「かわせみ」へ戻って来ると、るいはすでに麻生家から迎えが来て一足先に本所の屋敷へ出かけたという。

「ですから、お早くあちらへいらっしゃいませんと……」

お吉があたふたと東吾の着付けを手伝って、なんとお供には深川の長助が、

「宗太郎先生が、あっしにも若先生のお供をして菊見に来いとおっしゃって下さいましたんで……」

仕立て下しらしい縞《しま》の着物に縞の羽織、こざっぱりした顔で帳場に待っていた。

なんにしても、さわやかな午後のことで、長助ともども本所の麻生家へ着くと軽い午食の仕度が出来ていて、

「申しわけございません。おるいさまに手伝って頂きましたの」

七重が松茸飯をよそった塗りの椀を運んで来る。

酒が少し、麻生源右衛門《げんえもん》と宗太郎、東吾に長助と男四人の腹ごしらえが済むと、

「では参りましょうか」

余所行《よそゆき》姿の七重が音頭取りで、片言まじりのお喋りが愛くるしい花世《はなよ》を抱いた宗太郎をまん中にして、ぞろぞろと屋敷を出る。

麻生家は小名木川《おなぎがわ》の近くなので、神保邸までは目と鼻の先。五間堀に架《かか》った伊予橋というのを渡ると右手に長い築地塀《ついじべい》がみえてくる。

そこが神保三千次郎の屋敷で、成程、伊予橋の下を流れる五間堀は吸い込まれるように屋敷の中を通っている。

当主の三千次郎は、宗太郎よりも五歳年上とのことだったが如何にも好人物といった感じで、その母親も妻女も、喜んで一行を出迎えた。

子連れでもあることだからと堅苦しい挨拶はぬきにして茶菓のもてなしがあり、花世が退屈しない中《うち》にと菊畑へ案内してくれた。

庭を五間堀が二つに区切っていて、菊畑は流れのむこう側にある。

当家の自慢というだけあって、東吾ですらも目を見張るような広さであった。

黄菊白菊はもとより、赤紫や、薄い藤色のような珍しい品種も咲いている。

鉢作りも多く、懸崖《けんがい》などは長助が、

「まるで菊の滝でございますね」

と感嘆するようなものばかりであった。

菊を育てるための職人もいて、七重やるいの問いに丁寧に答えている。

「麻生どのにも、神林《かみばやし》どのにも、のちほどお気に入られた鉢物をお届け申し上げたいと存じて居ります。御遠慮なく仰せ下さい」

菊畑のほとりに野点《のだて》の仕度がしてあって、薄茶の接待を受け、とりあえず今日の土産にと、切り花を沢山に持たせてくれた。

「いや、よい菊日和であった。たまには、こう打ち揃って外へ出るのもよいな。気が晴れ晴れとする」

上機嫌の麻生源右衛門を囲んで屋敷へ戻る宗太郎夫婦と、伊予橋を渡った角で別れて、東吾夫婦と長助は森下町を抜けて六間堀の方角へ向った。

「なんだか、いい香がするな」

歩きながら東吾がいい、長助が持っている菊の花の包《つつみ》を眺めた。

「菊の香ではございません。この匂いは木犀《もくせい》でございますよ」

るいがあたりを見廻し、

「あそこに」

と指した。

それは寺の塀のむこうであった。

濃い緑の葉の茂ったところに、黄色い花が咲いている。

「長慶寺でございますよ」

長助が応じた。

「だいぶ前に、ここの坊さんから聞いたことでございますが、唐国じゃこの木のことを桂《かつら》って文字をあてるんだそうで……それで長桂寺とも書くんだとか……」

「驚いたな。長助親分、もの知りじゃないか」

東吾に賞められて、長助がぼんのくぼに手をやった。

花の香に惹《ひ》かれるように寺の境内に入ってみると敷地はかなり広く二千坪以上もあろうかと思われた。

本堂の脇の石塔に寺の縁起のようなものが彫ってあり、越後国村上領の耕雲寺の末寺だとある。

木犀の木はおよそ十数本、さして大きくはないが、葉の間にぎっしりと小さな花がついていて、その芳香の強いことは菊の比ではない。

「御用の筋でこの辺を通りかかりますと、匂いで、ああ今年もこの花の咲く時分になったのかと思います」

柄《がら》にもないことを長助がいい、ぞろぞろと歩いて方丈《ほうじょう》のところへ来ると、荷を背にした男がぼんやり立っている。東吾達をみると会釈をして参道を出て行った。

「こりゃあ長助親分……」

方丈の柱のむこうから年配の僧が声をかけて来た。

「おまいりかな」

「いえ、今日は若先生のお供なんで……」

それで東吾が挨拶をする破目になった。

「手前は神林東吾、これは女房です」

「拙僧は当山の執事で高雲と申します」

「実は、花の香に惹かれて迷い込んだ不信心者でして……」

東吾が笑い、高雲も笑顔になった。

「左様なお方がこの季節はよくお寄りになります。何事も仏縁でございますから……」

「あの男も我々と同じですか」

東吾が視線を向けたのは門のあたりで、そこにさっきの男がまだ去りがてにたたずんでいる。

「あれは駿河の茶を売りに歩いている者ですが、どうやら兄を尋ねているようです」

「ほう……」

「三十何年か前になりましょうが、両国のほうに大火がありましたろう。その折、焼け出されて、本所か深川か、ともかく、川のこちら側の寺に厄介になったことがあるそうで、それを手がかりに兄を探していると申して居りました」

長慶寺では心当りがないという。

「寺の名前はわからぬのですか」

「当時、あの者は五歳だったとか……兄の名前が吉太郎、親は両国橋のむこうで茶碗屋をしていたとだけでは、雲をつかむようで……」

「親はどうしたのです」

「ふた親とも大火の折に歿ったようですな」

暮れてきて、東吾は僧に別れを告げた。

門を出てみたが、先刻の男はもう立ち去ったらしく姿がみえない。

菊の花を長助にも分けて、東吾はるいと大川端へ帰った。

二

菊見に出た翌日から、また降ったり晴れたりの落ちつかない天気が続いた。

その日も朝の中は陽がさしていたのに、午《ひる》近くから雲が厚くなって遂にはばらばらと降り出した。

るいが帳場に出ていたのは、傘を持たずに出かけた東吾のために、嘉助が築地の軍艦操練所まで届けに行ったからで、次第に強くなりはじめた雨足をみていると、軒先にかけ込んだ男があった。背に荷物をしょっている。

「そこは濡れます。こちらへ入って雨宿りをなさったらようございます」

るいが声をかけると、遠慮がちに土間へ入って来た。

「すみません。それでは少々、こちらのすみを拝借致します」

小腰をかがめた男の顔をどこかで見たようなと思い、るいはすぐ思い出した。

「あなたは、この前、長慶寺さんでおみかけした……」

男はるいを憶えていないようだったが、

「では、あの時、おまいりにお出《い》でになった御一行の……」

というような記憶で頭を下げた。

帳場の声を聞きつけて、お吉が出てきたので、るいは茶の仕度をさせ、上りかまちに座布団を持って来て勧めたが、男は濡れているからと固辞し、背中の荷物だけ下した。その風呂敷に白く、駿河御銘茶卸売と染めてある。

「おや、お茶屋さんですか」

戻って来たお吉が目ざとくみつけて、

「それじゃ、うちのお茶がお口に合うかどうか」

といった。男は丁寧に頭を下げ、押し頂いて茶を飲んだ。

「けっこうなお茶でございます。これはもう手前どもが普段、頂けるようなものではございません」

お吉が満足そうに笑い、るいは思い切って訊いた。

「失礼ですが、あなたはお兄さんを探していらっしゃると、長慶寺の坊さまからうかがいましたが……」

男は目を伏せ、うなずいた。

「何分にも三十年以上も前に別れた兄でございますので、果して江戸に居りますかどうか、あてにならないのでございますが……」

「どういうわけで別れたんです」

お吉がるいに代って膝を進めた。

「それが、長い話になりますので……」

「よござんすよ。袖《そで》振り合うも他生《たしよう》の縁っていうじゃありませんか。うちの若先生はお顔が広いから、なにかで、いい手がかりをみつけてあげられるかも知れませんよ」

強引なお吉にうながされて、男は漸《ようや》く話し出した。

長慶寺の高雲がいったように、親は両国橋の近くで茶碗屋をしていた。大火事で焼け出され逃げる途中でばらばらになったが、

「手前は七歳年上の兄がしっかり手を握って、転げれば助け起し、突きとばされようと、もみくしゃにされようと、最後まで離れないでくれました。兄のおかげで、手前は命が助かったようなものでございます」

ふっと涙声になった。

「申し遅れました。兄の名は吉太郎、手前は伊之助と申します」

ともかく逃げて逃げて大川を越えたのだけは憶えているといった。

「あとのことは……兄と一緒に寺に厄介になったのはたしかでございますが……」

当時、伊之助は五歳だった。

「それで、兄さんとはなんで別れちまったの」

せっかちにお吉が先をうながした。

「寺に厄介になっている中に、母が迎えに来てくれまして……」

「おっ母《か》さん、死んじまったんじゃなかったの」

「それが……これは、後に母が話してくれたことでございますが、手前共、兄弟は母親が別で、兄の母は、兄が生まれて間もなく歿ったそうで、そのあと、父は後妻をもらったんでございます」

「その人があんたのおっ母さん」

「そうではございませんで、手前は女中の子でございまして、赤ん坊の時、母親は暇を出されました」

つまり、父親が女中に手をつけて子供を産ませたのを、子供だけ本妻が引き取って、女中とは縁を切ったということらしい。

「ですから、火事で死にました母は、兄のでも、手前の生みの母親でもございませんので」

伊之助の言葉に、或る冷たさがあったのは、その育ての母親の思い出が決していいものではなかったことを、るいやお吉に感じさせた。

「手前の母親は品川のほうに居りましたのですが、そこへ知らせをやってくれましたのは、やはり焼け出されて同じ寺に厄介になっていた近所の人だったそうです」

たよりになるような親類もなく、両親を失った兄弟のこれからを心配して、伊之助の

母親へ連絡を取ってくれたものだったが、

「迎えに来た母が、とても女手一つで二人の子は養えないと申しまして……」

十二歳になっていた兄の吉太郎は寺に残されることになった。

「兄は手前に、自分はどこへ奉公に出ても食べるくらいのことは出来る、一人前になったら必ず会いに行くから、おっ母さんと品川へ行くようにと申しまして……手前はどうすることも出来ず……」

それが兄の吉太郎との別れになった。

「兄さんは、品川へ訪ねては来なかったんですか」

別れて、三十何年の歳月が経っている。

「一年ほど、手前は母親と品川に居りまして、それから遠江《とおとうみ》のほうへ参りました」

母親が再縁したためだといった。

「遠江ねえ。それで会えなくなっちまったんだわ」

お吉ががっかりした声で納得した。

「何度か、江戸へ出たいと思いましたが、母親が患いついたり、父親が怪我をしたりで。ですが、昨年、とうとう両親をたて続けに見送ることになりました」

一人になって、茶の行商をしながら江戸へ出て来た。

「かれこれ、もう半年余りになります」

江戸の茶問屋で茶を卸してもらって、行商をしながら、その合い間に本所、深川の寺を廻っているという。

「せめて、お寺の名前だけでもわかっているといいのに……」

お吉が嘆いたが、火事の衝撃のあとのどさくさで五つの子の記憶が曖昧《あいまい》なのは無理もないとるいは同情した。

「これもなにかの御縁でしょう。せいぜい心がけて探してあげますから、あなたもこっちへ来た時は寄ってごらんなさい」

行商で住所不定という伊之助にいい、ついでに少々の茶を買ってやっている中に雨が小やみになった。

「ありがとうございました。御厄介をおかけ申しました」

何度も頭を下げて、伊之助が立ち去ってから暫《しばら》くして、東吾が嘉助と帰って来た。

「どうも、雨の奴、俺が帰り着くのを待っていたみたいに上っちまったな」

と東吾が笑ったように、着替えをすませ、るいから伊之助の話を聞いている中に、陽がさしてきた。

「気の毒な話だが、三十年以上も昔のことだと、ちと厄介だな」

両国界隈の店で訊いてみるのが一番だが、おそらく伊之助もそうしたに違いなく、それでわからないのは、その当時、兄弟を知っていた人がすでに死んでしまったせいかも知れないと東吾はいった。

「兄さん思いの人らしいし、兄さんだって、生きていれば、どんなにか弟さんに会いたがっているだろうのに……世の中ってむごいものですねえ」

るいが吐息をつき、お吉は長助親分に話してみると張り切っている。

翌日、神保家から見事な菊の懸崖《けんがい》が届いた。

赤味がかった黄色の花が、なんとも美しい。

「これは、兄上様のお屋敷へお持ちしては如何《いかが》でしょう」

るいが勧め、東吾は早速、その鉢を持って八丁堀へ行った。

兄の通之進《みちのしん》は帰邸していて弟の心尽しを殊の外、喜んだ。

「たまにはよいだろう。大川端へは使《つかい》をやるから一緒に飯を食って行け」

といわれて、東吾は素直に承知した。兄が話し相手を欲しがっているのがよくわかったからである。

居間に膳が運ばれて、東吾のために酒の用意もされた。

世間話をひとしきりして、話がこの前の菊見のことになる。

帰りに長慶寺で木犀の花をみたことまで東吾が喋っていると、通之進が軽く手を挙げた。

「長慶寺と申すと五間堀の近くか」

「左様です。北森下町の町屋に囲まれた寺でして、伊予橋からすぐのところです」

「すると、大久保嘉平次どのの屋敷は近いのではないかな」

「それがなにか」

「昨夜、盗賊が入って、二百両ばかりを盗まれたそうじゃ」

それも、いつ盗まれたのか、賊がどこから入ったのか、まるで見当がつかないらしい。

「奉公人に疑いもかかっているようなのだが、このところ、同じような話が諸方にあるのだ」

旗本などの武家屋敷もあるが、商家や物持ちの別宅などで頻々と金が紛失している。

盗《ぬす》っ人《と》の入った様子もないので、大方、家の者の仕業ではないかといわれていたが、どうも、そうではないらしい。

「取調べに当った者達の話では、その家の奉公人も身許がしっかりしている上に、主家の金を盗むような理由がない、たまたま出来心でと申すことはあろうが、そうたて続けにあちこちの家で出来心で金を盗む者が続出するというのも怪訝《おか》しな話じゃ」

盗っ人が入ったのではないかといわれるようになったのは、調べて行く中に、たしか閉めておいた筈《はず》の裏木戸が開いていたり、かかっていた筈の倉の錠前がはずれていたりということがわかったからで、その盗賊は鍵がなくとも錠前をあけたり、けっこう高い塀などを苦もなく乗り越える身の軽さであることなどが想像された。

「なんにせよ、手がかりはまるでないと聞く。大久保どのは身分柄、盗賊に入られたことを表沙汰《おもてざた》にして居られぬようだが、旗本の屋敷にまで出没するとなると、いずれ、お奉行のところへ何らかのお沙汰がある筈じゃ」

つまり、町方はなにをしているのかと非難が来る。

それでなくとも、世上は不穏であった。

「兄上も、気の休まる時がありませんな」

二合ばかりの酒を飲み、兄嫁の手料理に満腹して、東吾は八丁堀を辞した。

三

畝源三郎に訊いてみると、盗賊の跳梁《ちょうりょう》は通之進に聞いた以上であった。

「一人の仕事なのか、それとも仲間がいるのか」

東吾の問いに、源三郎が肩を落した。

「それすらもよくわかっていないのです」

なにしろ、賊の姿をみた者がいない。

「年配の同心方の中には、むかしのねずみ小僧次郎吉の手口に似ていると申される方がいます」

三十年ほど前にお縄になった盗っ人であった。

彼も大名屋敷や旗本の邸内を荒している。

「俺に手伝えることがあったら、いつでもいってくれ」

といったものの、今のところ、東吾の出番はなさそうであった。

二日ほどが過ぎて、深川の長助が「かわせみ」へやって来た。

この律義な岡っ引は、お吉に頼まれて、吉太郎探しをしていた。

「両国橋界隈と申しましても、神田側でござんすが、吉川町に茶碗屋のあったことはわかりました。亭主は吉兵衛といい、二人、男の子がいたそうで、文政十二年三月の大火で夫婦は大川に死体で上ったが、二人の子は助かったといいますから、多分、この弟のほうが伊之助じゃねえかと思います」

その話をしてくれたのは、吉川町の布団屋の隠居だが七十を過ぎて多少ぼけている。

「この父つぁんはやはり大火で女房と悴《せがれ》をなくして居りまして、今のあとつぎはそのあと、親類から養子にもらったんで、両国界隈のその当時のことはなんにも知りません」

吉川町の今の住人にしても、大火のあとで移って来たのが大方で、

「当時、あの辺にいた人間はみんな焼け死んだり、行方知れずになっちまったってことだと思います」

改めて三十何年という歳月を長助は考えさせられたようである。

「布団屋の隠居にしたところで、兄弟二人がどこの寺へ身を寄せたのかも憶えちゃいません。ですが、自分があとで聞いたところによると、兄弟二人とも品川のほうへ引き取られていった筈だと申しています」

それからして、もう伊之助の話とは食い違っている。

「仕方がねえんで、今度は本所深川の寺を訊いて歩きました」

「いい加減にしろよ、長助。本所深川にどれほどの数の寺があると思う。いくらお吉に頼まれたからって、なにもそこまですることはないんだ」

東吾にいわれて、長助はぼんのくぼに手をやった。

「それがその……あっちこっちの寺を廻って居ります中《うち》に、知り合いの寺の住職が、ひょっとすると深川の西念寺ではないかと教えてくれましたんで……」

西念寺は吉川町の地主の菩提寺で、その縁から吉川町の焼け出されが何人か厄介になっているという話を耳にしたことがあるといわれた。

「実は、これから西念寺へ行ってみようと思うんですが、もし、伊之助の居所がわかれば一緒に連れて行ったほうがいいんじゃねえかと思いまして……」

「かわせみ」へ訊きに来たといった。

「それが、あれっきり姿をみせないし、泊る所も決っていないといっていたので……」

るいが気の毒そうにいい、東吾は腰を上げた。

「気の毒ついでに、長助親分、俺をその寺へ連れて行ってくれ」

一緒に大川端を出て永代橋を渡る。

「どうも、若先生がお出《い》で下さるまでもねえと思いますが……」

長助はしきりに恐縮したが、東吾にしてみれば、「かわせみ」の女どもの口車に乗って、毎日、走り廻ったに違いない長助にすまない気持であった。

深川へ入って、永代寺へ続く通りをまっすぐに行くと左側、黒江町に囲まれた恰好で西念寺があった。

寺地が九十坪という小さなものである。

住職は五十がらみの貧相な僧だったが、長助の話を聞くと顔をしかめた。

「それは、手前では全くわかりませんな」

西念寺はもと真言宗で門柳庵といったのが十年ほど前に事情があって真宗の寺になった。

「その折、住職はもとより、僧はすっかり変りました。手前は真宗になってからこの寺の住職になりましたので、それ以前のことはまるで知りません」

「では、真言宗の頃の住職は、今、どこに居られるか御存じではありませんか」

東吾が訊いたが、

「たしか淀橋のほうの寺へ行かれたが、二、三年前に歿られたと聞いて居ります」

小僧などがどこへ行ったかは調べようもないという。

長助の苦労も水の泡かと、がっかりして西念寺を出た。

八幡橋のところで右に折れたのは、長助がちょっと自分の店へ寄ってくれといったからだったが、歩きながら、ひょいとみると寺がある。

こちらは、西念寺よりも立派で境内は五百坪はあろうかと思える。門には瑠璃光山《るりこうさん》、萬徳院と額が掲げてある。

「ここも真言宗でございます。本山は京都の仁和寺《にんなじ》だそうで、住職はまだ若く、四十そこそこだと思います」

自分の店の近所なので、長助もその程度は知っていた。

「住職がその年齢じゃ、三十何年も前のことなんぞ知るまいな」

その先の橋を渡ろうとして、東吾は足を止めた。

「源さんじゃねえか」

畝源三郎は一人であった。

「いったい、どこへ行くんだ」

源三郎が東吾を目で制した。長助に低声《こごえ》で命じた。

「そこの萬徳院という寺へ行って、住職がいるかどうか訊いて来てくれ」

長助は心得て、今来た道をひっ返して行く。

「なんだ、源さん……」

「気になることがありますので……」

東吾の耳に口を寄せた。

「例の盗っ人の件ですが、盗みに入られた中の四軒が、萬徳院の檀家なのです」

偶然かも知れないが、手がかりのまるでない今は、僅《わず》かなことでも見逃すわけには行かない。

「そりゃあそうだが、しかし、まさか、寺の坊主が……」

「檀家で聞いたことですが、萬徳院の今の住職は、十二の時に親をなくして萬徳院の先代が小僧にして修行をさせ、歿る前に自分の跡継ぎとして本山へ届けたそうです」

「なんだと……」

「両国のほうの茶碗屋の悴だったようですが、大火で親が死に、随分と苦労をしたのだといいますが……」

「源さん、そいつの俗名はわかるか」

「吉太郎とききました」

「伊之助の兄貴じゃねえか」

「なんです、それは……」

長助がかけ戻って来た。

「萬徳院の住職は、京都の本山へ出かけていて留守だそうです。もう、ぼつぼつ帰ってくる頃だといっていましたが……」

三人が揃って長寿庵へ行った。

東吾が伊之助の話をすると、源三郎の表情が暗くなった。

「どうも、悪い材料が出て来ましたな」

萬徳院の住職、つまり吉太郎だが、

「東吾さんの話を総合して考えますと、かなりみじめな生い立ちをしています」

赤ん坊の時に生母に死別し、継母に育てられている。父親は女中に手をつけて子供を産ませるような男だし、その親達も三十数年前の大火で焼死した。

「一番、あわれに思えるのは、弟を生母が引き取りに来て、自分だけ置いて行かれたことです。十二の子が、どんな気持だったか……」

そうした心の挫折から考えれば、吉太郎がどんなにぐれたとしても不思議ではない。

「しかし、仮にも坊主になって、一寺の住職になっているんだ。第一、今は本山へ行っているんだし……」

「本当に京へ行ったものでしょうか」

例の盗賊の被害が激しくなったのは夏の終りの頃からである。

「長助、萬徳院の住職が本山へ発《た》ったのはいつだといった」

源三郎に訊かれて、長助が浮かぬ顔で答えた。

「それが、江戸を発ったのが七月なかばということでして……」

「源さんは、吉太郎が本山へ行くといって寺を出て、どこかに身をひそめて盗っ人を働いているというのか」

「そういうこともあり得るんじゃありませんか」

寺では自由がきかない、夜更けに出かければ徒弟達が不審に思う。

「だが、仮にもあれだけの寺の住職だ」

裕福とまでは行かないだろうが、暮しに困るとは思えない。

「人の欲には限りがないものです。それに心がどこかでねじまがっていれば……」

実際、かなりな商家の主人が盗っ人だったという例もある。

「京へ早飛脚をやって、吉太郎が本当に本山へいっているか調べさせるか」

それも時間のかかることであった。

「ぼつぼつ帰ってくるといっているのだから、もう少し様子をみるか」

探索が煮つまれば、寺社奉行に協力を求めねばならない。

「あの坊さんがねえ」

長寿庵とはどれほども離れていない寺である。長助は面目なげに頭を垂れた。

四

「かわせみ」へ帰って来て東吾がその話をすると、るいもお吉も顔色を変えた。

「それじゃ、伊之助さんの兄さんは泥棒で、世を忍ぶ姿が坊さんなんですか」

悲鳴に近い声をあげたのはお吉で、驚愕がおさまって来ると誰の思いも同じとみえて、

「そりゃあ、不幸な生い立ちを考えたら盗っ人になっても仕方がないようなものですねえ」

と同情的になった。

「やはり、弟さんが、おっ母さんに引き取られて、自分だけとり残されたというのが、こたえたんでしょうか」

十二といえば感じやすい年頃ではあるし、少年が孤独に耐えて生きて行くには、浮世はそれほど親切とはいい難い。

「どうしましょう。もし、伊之助さんが訪ねて来たら……」

盗っ人かも知れない兄を教えてよいのかとるいもお吉も途方に暮れている。

「まあ、兄弟が再会すれば、それが改心のきっかけになるってこともあるだろうが……」

十両盗めば首がとぶ、と俗にいわれるくらいのものである。吉太郎の罪が、そう軽く済むとも思えない。

だが、女たちの心配をよそに、伊之助は「かわせみ」にはやって来なかった。

その代り、長助が「かわせみ」へとんで来た。

昨日と今日と、二日続けて伊之助があの近くを行商に歩いているのを長慶寺の寺男がみたという。

「今日は午近くまで、伊予橋のところで煙草を喫《の》みながら休んでいたと申します」

長助が行ってみた時には姿がなかったが、深川あたりを廻っているのに違いない。

「ところで、どう致しましょう。伊之助をみつけました折には、兄さんのことを知らせてやったものか」

長助もその点に頭を悩ましている。暫《しばら》く考えていた東吾は珍しく手紙を書いた。

「こいつを源さんに届けて指図に従ってくれ」

長助を使に出したあと、ふらりと「かわせみ」を出かけた。

本所の麻生家へ行くと、源右衛門も宗太郎も留守だったが、七重はいて、花世に折り紙を折ってやっている。

「七坊は知らないか。この前、菊見に行った神保家だが、裕福なんだろうな」

そりゃあもう、というのが七重の返事であった。

「お旗本の中でも有名ですよ。それに、お好きで先代が始められた菊作りですけど、あちらで育てる懸崖《けんがい》が大層な評判で、毎年、ゆずってくれという方が絶えないそうで、今年も殆《ほと》んどの鉢が売れてしまったんですって」

そうした売買は人まかせで、当主の三千次郎は関知しないようだが、神保家にまとまった金が入って来ているのは間違いない。

「他人の懐中に算盤《そろばん》をはじくのは好かないが、おおよそ、どのくらいの金が神保家にあると思う」

七重が笑った。

「少くとも五、六百両……、千両まではと思いますけれど……」

麻生家を出て行こうとする東吾に七重が冗談をいった。

「東吾様、盗っ人にお入りになりますの」

東吾が笑いもせずにいった。

「いや、盗っ人の番に行くんだ」

その足で神保家へ行き、主人の三千次郎と話し込んだ。

やがて夜になる。どういう話になったのか、三千次郎の居間からは将棋の駒の音がして夜の膳を運ぶ女たちがひそやかに出入りした。

更けて、神保家ではいつもより少しばかり早く、部屋の中の灯が消えた。

武家屋敷の多いこのあたりは静かすぎるほどで、遠くに犬の吠え声がするくらいのものである。

かなり厚みを増してきた月が、雲の多い空に見えかくれする夜半、五間堀を無灯の小舟が水音を忍ぶように漕いで来た。

伊予橋の下に舟をつなぐ。暗い中で男が着衣を脱いで下帯姿になった。もう、ひんやりとみえる堀の水の中へすべり込む。

流れを泳いで、男は難なく神保家の庭へ入った。馴れた様子で母屋へ近づき、下帯にさして来た鉄製の篦《へら》のようなものを敷居にさし込むと、音もなく雨戸が一枚はずれる。

猿のような身軽さで、男は屋内へ入った。

三千次郎の居間の違い棚の上に、ずっしりと重たげな手文庫がのせてある。入ってきた男は掌の中に小さな蠟燭《ろうそく》を指の間にはさんで持っていた。廊下の掛行燈《かけあんどん》の灯をすばやく移すと僅かな光で手文庫の中の金包を改め、それを持って来た麻袋に入れて背中に結ぶ。

「随分、器用な盗っ人だなあ」

だしぬけに声がして、賊はびくっと体を固くした。

「ちっとやそっとの年季じゃ、そうは行かねえ。昨日今日の盗っ人じゃ出来ねえ仕事っぷりだ」

賊が廊下へ逃げ出そうとした時、あちこちに灯がともった。

「曲者《くせもの》ッ」

主《あるじ》の三千次郎が木刀で賊をなぐりつけ、

「お手柔らかに願います。そいつはまだ取り調べねばなりませんので……」

庭へ向ってはずれている雨戸のむこうから畝源三郎が丁重に声をかけた。

盗っ人の伊之助は、神保家へ盗みに入って捕えられ突き出されたという形式にして、町方にひき渡された。

「東吾様は、どうして伊之助に目星をおつけになりましたの」

最初、信じられないといい続けたるいが漸《ようや》く東吾に訊いた。

「源さんは吉太郎に疑いをかけたが、俺はもう一つ、しっくりしなかった。なにも坊さんが悪いことをしないとは思わなかったが、長助親分と萬徳院へ行ってみた時、あの寺は感じがよかった。派手派手しい寺ではないが、掃除も行き届いていて、住職の留守を徒弟達がきちんと守っているように思えた。住職が、夜盗を働いていたら、とてもああは行くまい。それで考えたんだ」

吉太郎の境遇がぐれても仕方がないほど悲しいものだったら、伊之助も同様ではないかと思った、と東吾はいった。

「母親は女中で伊之助を産んだとたんに暇を出された。あいつも継母に育てられたわけだし、大火で親を失い、一文なしになったのも吉太郎と同じだ。生みの母親に引き取られて行ったというが、その母親が喜んで伊之助をつれに来たものかどうか」

知り合いからいわれてやむなくといったほうが事実に近いのではないかと東吾は少し

つらそうな顔をした。

「品川で母親がどんな暮しをしていたのか知らないが、吉太郎のほうは面倒をみきれないといったのからしても、ゆとりのある生活ではなかったろう。伊之助は産みっぱなしで本妻に取り上げられた子だ。すんなり親としての情が湧いたかどうか」

おまけにその母親は再婚して遠江へ行った。

「伊之助が新しい父親になじめたか、父親になった男が伊之助を可愛がったか、ひょっとすると夫婦にとって、伊之助は邪魔っけではなかったのか」

万事がうまく行けば問題はないが、悪くなった場合を想定すると、伊之助がまっとうでなくなる要素はいくらでも出て来る。

「吉太郎は十二で一人ぽっちになった。伊之助は五つだ。どっちがみじめだったか、るいにだって判断がつくだろう」

源三郎は吉太郎に疑いをかけた時、育ちが不幸で心がねじまがったといった。

「そいつは、弟のほうじゃないのかと俺は考えはじめたんだ」

兄は寺の住職になっている。弟は茶の行商姿であった。どっちが不安定かといえば伊之助であろう。

「るいと菊見に行った帰りに長慶寺で伊之助をみただろう。その翌日、長慶寺の隣の大久保家が盗っ人に入られている。あとで考えると、伊之助はあの時、大久保家のほうをむいて立っていたんだ」

隣の寺から下見をしていたわけである。

「それじゃ、兄さんを探していたというのは嘘だったんですか」

「いや、それは本当だろう」

伊之助が召し捕られて間もなく、吉太郎、つまり、現在は萬徳院の住職で浄心と名乗っているのが、京の本山から帰って来た。

「源さんがさんざん考え抜いたあげく、萬徳院へ行って吉太郎にすべてを話したんだ」

奉行所が遠江へ問い合せた結果、伊之助は子供の頃から手癖が悪く、長ずるに及んで悪い仲間とつき合い、盗みはもとよりゆすりたかりを働くようになった。親はとっくに伊之助を勘当し、伊之助のほうも寄りつかない。結局、仲間と喧嘩をして殺傷したのがきっかけで遠江を逃げ出し、東海道を悪事を重ねながら江戸へ上って来たことが判明した。

「人殺しをしているし、どう軽くみたところで死罪はまぬがれない。伊之助が江戸へ出て来たのは別れた兄貴にめぐり会いたい気持からだったというのだけは本当なんだ。それで源さんは決心したんだろう」

源三郎の話に浄心はそれほど驚かなかった。

あとでわかったことだが、浄心もまた、京の帰りに弟を探して遠江へ寄っていた。

「伊之助母子が品川から遠江へ移る時に、西念寺の住職にその旨、知らせをやっていた」

浄心は住職から教えられた遠江の所書《ところがき》をずっと大事に持っていた。

「遠江へ寄って、伊之助が出奔した顚末《てんまつ》を親達から聞いて江戸へ戻って来たから、源さんの話に動揺はしなかったのだろう」

すぐにも弟に会わせてくれという浄心を、源三郎は上役に頼んで、特別に入牢中の伊之助と対面させた。

「手を取り合って、殊に伊之助は声をあげて泣いたそうだ」

小半刻《こはんとき》（約三十分）の対面が済むと、浄心は源三郎に自分の手で弟を出家させたいと願い出た。

「源さんも面倒みがいいからな。あっちこっちに頭を下げて、結局、伊之助は兄の手で剃髪《ていはつ》したよ」

だからといって罪が軽くなるわけはない。

伊之助が獄門にかけられたのは、十三夜の日であった。

坊主頭で縄付のまま、刑場へ送られる伊之助は兄が届けた数珠《じゅず》をしっかり握りしめていた。

「遺骸は兄貴がひきとって供養をするそうだから、なんとか地獄の入口からひき戻してもらえるかも知れねえな」

三十数年前、大火の中を兄の手にすがって生きのびた弟は、死後も再び、兄の導きで仏縁を得るのかも知れないと東吾は思った。

「吉太郎の浄心が、源さんに泣いていったそうだよ。せめて、もう少し早くに遠江へ訪ねて行けたら、とね」

るいが涙ぐんだ。

「無理でございましょう。お寺で修行をなすっていたんですもの」

伊之助の盗みに入った家に萬徳院の檀家が四軒もあったのは全く偶然であったが、そんなところにもみえない兄弟の縁が感じられなくもない。

庭に雨の音が激しくなっていた。

「今日の十三夜は、雨月《うげつ》だなあ」

東吾が呟《つぶや》き、るいは、

「浄心さんと伊之助さんの涙雨でございますね」

どんよりと暗い空を仰いだ。

縁側に尾花と女郎花《おみなえし》を挿した手桶が吹き込む雨に濡れはじめている。

気がついて、るいが手桶を取りに行った。

台所のほうから松茸を焼く匂いが流れて来て、東吾は長火鉢に炭を足した。

この二、三日、燗酒《かんざけ》が旨《うま》くなって来ている。

雨のせいか、部屋の中が急に暗くなって来た。

伊勢屋《いせや》の子守《こもり》

一

師走に入って、るいはお吉を伴って深川の長寿庵へ出かけた。

いつも、長助には厄介をかけているし、東吾の好きな蕎麦がきのための上等の蕎麦粉も長寿庵から運ばれて来る。

で、盆暮には返礼のつもりで心尽しの品を届けている。

たまたま、信州から紬《つむぎ》を江戸へ売りに来る信濃屋吉兵衛というのが、今年もやって来て、織元から直《じか》に買うようなものだから、他よりずっと値も安く、品物もしっかりしているので、気に入ったのを何反か求めた中のを長助夫婦にも裏地も添えて歳暮にすることにした。

珍しく、長助は店にいて、思いがけない贈物に夫婦そろって喜んだり、恐縮したりした。

ちょうど長寿庵も暇な時刻で、客のいない店先で、近頃、長寿庵名物になっているという蕎麦饅頭を御馳走になり、お吉が長助の女房からその作り方を訊《き》いていると、出前のどんぶりを回収しに歩いて来たらしい小僧の与吉が戻って来て、長助にいいつけた。

「そこのお稲荷さんの前で、ねんねこにくるまった赤ん坊がびいびい泣いてます。また、伊勢屋の子守がほったらかしにしたんだと思いますが……」

「冗談じゃねえ。またかい」

長助が少しばかり眉間《みけん》に皺《しわ》を寄せ、空いたどんぶりをのせた盆を受け取った。

「とにかく、行って抱いて来い」

与吉がとび出して行き、長助の女房が、

「仕様がないねえ、この寒空に、風邪でもひかしたら、ただじゃすまないのに……」

落ちつかないそぶりで表をのぞきに行った。

で、お吉が、

「なんです」

と訊き、長助がぼんのくぼに手をやった。

「いえ、門前仲町の伊勢屋の子守なんですが、なにが面白くねえのか、赤ん坊をほったらかしにして遊びに行っちまうんですよ」

「子守が赤ん坊の世話をしないんじゃ、子守にならないじゃありませんか」

お吉が例によってまくし立てようとした時、与吉がねんねこにくるんだ赤ん坊を抱いて入って来た。

早速、長助の女房が受け取ってあやすが、泣きわめいて始末に負えない。

着ているものからして男の子のようで、せいぜい生まれて十カ月程度か。

「伊勢屋の万太郎坊っちゃんですよ。まあ、どうしたもんだろう。とにかく、おたまちゃんを探してお出《い》で……」

長助の女房にいわれて、与吉がまた外へ出て行く。

「腹がすいてるんじゃねえのか、子守っ子を探すより、伊勢屋へ抱いてったほうがよかあねえか」

赤ん坊の泣き声に、長助がおろおろし、

「だって、そんなことしたら、おたまちゃんが叱られるだろう」

襁褓《むつき》は濡れているし、これじゃどうしようもないと、長助の女房は途方に暮れている。

赤ん坊を産み育てた経験のないるいやお吉は最初から手も出せず、茫然と眺めていると、やがて与吉が女の子をひっぱって来た。

「おたまちゃん、あんた、いい加減にしないと、伊勢屋さんだって……」

と長助の女房がいいかけるのを無視して、おたまと呼ばれた少女はいきなり赤ん坊をひったくり、横っとびに長寿庵を出て行った。

「どうも、手に負えねえな」

長助が歎息し、るいとお吉にとりつくろうように話した。

「今の子守は、この先の金兵衛長屋に住む徳三ってえ大工の娘なんですが、親父が大酒飲みでして、お袋のほうは手なぐさみに凝っちまって……町内でみかねて、あの子を伊勢屋に子守にやとってもらいましたんで……」

伊勢屋というのは永代寺門前仲町の酒の小売り商で店がまえも大きく、繁昌しているという。

「今年の春、若旦那の芳太郎さんに、三番目の、ですがはじめての男の子が生まれましたんで、その万太郎坊っちゃんの子守というわけです」

「あの子……おたまちゃんでしたっけ。いくつなんです」

とるい。

「たしか十三だってきいてます」

痩《や》せて小柄で、せいぜい十歳ぐらいにしかみえなかった。

赤ん坊は丸々と太っていた。

「十三といえば遊びたい盛り、子守奉公はさぞつらいんでしょうけど、赤ん坊をほったらかしにされたんじゃ雇い主はたまりませんよ」

いずれ、暇が出されるだろうと帰り道にお吉がいった。

「親が揃ってどうしようもない人間だと、子供もあんなになっちまうんですかね」

長助の女房の手から赤ん坊をかっさらって行ったおたまの態度も顔つきも憎たらしく

て、子供らしい愛敬のかけらもなかった。

その日はそれだけだったが、それから数日後、お吉がわざわざ深川の門前仲町まで買い物に行って来ての話では、

「あのおたまって子が、永代寺さんの境内で同い年ぐらいの女の子三、四人とぎゃあぎゃあさわぎながら掛け小屋をのぞいて歩いて居て、他の女の子はみんな各々に赤ん坊を背負っているのに、おたま一人は空身《からみ》なのは、怪訝《おか》しいとあたりを見廻すと、境内の杉の大木の根方に、赤ん坊がひっくり返って声も絶え絶えに泣いているじゃありませんか」

びっくりして赤ん坊のほうへ近づこうとしたら、一足先に参詣人《さんけいにん》が抱き上げて捨て児ではないかとさわいでいる。

「おたまって子がどうするかとみたら、これが知らん顔の半兵衛の、平気の平左衛門。あたしは腹が立ったから、傍《そば》へ行っていってやったんですよ。その赤ん坊は捨て児じゃありません。あそこで遊んでいるのが子守ですって……」

参詣人がおたまの所へ行き、例によっておたまは赤ん坊をひったくって逃げて行ったという。

「ああ、たびたび、あんなことをしているんだったら、伊勢屋の耳にだって入りますよ。町内の人だって、そうそうは面倒をみてくれやしませんでしょう」

お吉の報告を、るいと一緒に聞いていた東吾がいった。

「しかし、この節《せつ》はけっこう人手不足で、なかなか子守っ子もみつからないそうだぞ」

るいが笑い出した。

「そんなことを、どこでお聞きになりましたの」

「源さんがいってたよ。世の中、だんだん下剋上《げこくじょう》になるとさ」

お吉がきょとんとした。

「その、げこくじょうとかってのはなんでございます」

「下が上に剋《か》つ、つまり、身分の下の者が上の者にとってかわるってことさ」

「子守が御主人より上ってことですか」

「奉公人がいばってて、主人が使いづらいってことだろう。但し、このかわせみにゃ関係のない話だ」

お吉が嬉しそうに笑った。

「そりゃそうでございますよ。うちじゃ、お嬢さんが一番、いえ、若先生と御新造様が一番でございますから……」

相変らずの天下泰平で日が暮れた。

それから二日後、年の暮の宿帳改めで、畝源三郎が「かわせみ」へやって来て、おたまの話をした。

「こないだ長助のところで、伊勢屋の子守をみたそうですね」

昨日の夕方、そのおたまが一刻《いっとき》余りも深川中をかけ廻らせられたという。

「いったい、どうして……」

るいとお吉があっけにとられた。

「赤ちゃんでもいなくなったんですか」

源三郎が笑った。

「実は、そうなんです。長助から聞いた話ですが、伊勢屋はおたまが赤ん坊をほうり出しておいて遊び廻っているのに腹を立て、女中をやって、おたまが深川不動尊の裏手に置き去りにしておいた赤ん坊をひそかに店へ連れ戻させたんだそうです」

さんざん好き勝手をして、おたまが赤ん坊を置いておいたところへ戻ってみると、姿がみえない。これは誰かが伊勢屋へ抱いて行ったものと思って店へ帰って来ると、店中が口を揃えて、いや知らないといった。

「そこは十三の子ですから、流石《さすが》にびっくりして、そこらを聞いて歩いたのですが、無論、赤ん坊がみつかるわけもない。夜になって半べそをかいて永代橋の袂《たもと》に立っているのを長助がみつけて、ともかくもと伊勢屋へ行ってみると、実はこうこうしかじかだと打ちあけられたそうです」

要するに、こらしめのためにおたまを欺《だま》したものだ。

「それじゃ、長助親分がみつけておたまって子をつれて行かなければ、伊勢屋では夜更けまで、そのままにしておいたのでしょうか」

流石に、るいが眉をひそめた。

「こらしめのためですから、まあ、適当な時刻になったら奉公人を迎えにやるつもりだったのでしょうが……」

東吾さんはどう思いますか、といわれて、炬燵《こたつ》に頰杖を突いていた東吾が苦笑した。

「他人の店の奉公人の躾《しつけ》にけちをつける気はないが、そんなことでその子守が懲りるかね」

嘉助もいった。

「欺されたことに腹を立て、心を入れ替えるとは思えませんな」

源三郎がうなずいた。

「長助も申しているのですよ。ちと、やりすぎではないかと」

「でも、あの子も相当の悪《わる》ですよ」

お吉がおたまを非難する口調になった。

「一人じゃ家へ帰ることも出来ない、まだ口もきけないような赤ん坊に、あんなひどいことをするなんて、どんなお仕置をされたって仕方がないと思いますよ」

東吾がお吉に同意した。

「そりゃその通りだ。ただまあ、お仕置を受けていい人間になる奴もいるし、前よりもっと悪くなる奴もいる。源さん達が苦労してるのと同じだろうよ」

伊勢屋もよくないが、おたまをそんな娘に育てた親はもっと悪い、と、その日の「かわせみ」は議論が噴出したのだが。

二

夜明け方きびしく冷え込んで「かわせみ」の庭にまっ白く霜の下りた朝に、長助がやって来た。

東吾は「かわせみ」にいた。

このところ、軍艦操練所に対する幕府の方針が変って、そのため内部に揉《も》め事が起って居り、それに巻き込まれたくない者は自宅待機をするように操練所教授方からの指示があったためである。

「えらいことになりました。伊勢屋の万太郎坊っちゃんが行方知れずで……」

昨日の午後、おたまは例によって万太郎を富岡八幡の末社の格子の中へ押し込んでおいて、仲間の小娘達と遊んでいた。

夕方になって戻って来てみると格子の中に赤ん坊の姿はない。

「そこですぐに大さわぎをすれば、まだよかったんでしょうが、おたまはてっきり伊勢屋の者がこの前のように万太郎を連れ戻ったと思ったんだそうで、それなら店へ行っても叱られるだけだと、さっさと自分の家へ帰って来ちまったと申します」

伊勢屋のほうは夜になっても子守が帰って来ない。赤ん坊は腹をすかせているだろう、襁褓も濡れているに違いないと奉公人にあっちこっち探させると、川三という鰻屋《うなぎや》の子守が、いた。

「おたまちゃんなら赤ん坊がいないからと、家へ帰った」

というので、ともかくも金兵衛長屋へ行ってみると、おたまが一人で飯の仕度をして
「万太郎坊っちゃんをどうしたってんで、えらいことになりました」

お吉が早速、長助の話の腰を折った。

「伊勢屋さんが赤ん坊を連れて帰ったんじゃなかったんですか」

「そうなんで……」

「おたまって子が、どこかにかくしているんじゃないだろうな」

と東吾も口をはさむ。

「最初、伊勢屋じゃそう思ったようで、なだめたり、脅《おど》したりして、赤ん坊の居場所をいわせようとしたんですが……どうもそうでもないらしい。とりあえず出入りの鳶《とび》の連中まで狩り出されて、赤ん坊探しをやりましたんです」

が、一晩中わあわあやっても、伊勢屋の万太郎はみつからない。

「どうも、とんだことになりました」

自分の縄張り内の事件なので、長助はげっそりしている。

「おたまは、どうしている」

「番屋へつれて行きまして、町役人《ちょうやくにん》が調べて居りますが……」

「源さんは、赤ん坊がみえなくなったのまでは、手が廻らないだろうな」

世の中が大揺れに揺れ出しているのは、しもじもの者でも気がついている。不穏の状態が長く続けば、江戸の治安も悪くなる一方であった。

「どうせ暇なんだ。深川まで腹ごなしに行ってみよう」

気軽く、東吾は腰を上げた。

長助と永代橋を渡って門前仲町へ、陽が上って寒気はゆるんだが、その分、霜どけの道は泥濘《ぬかる》んで来て歩きにくい。

番屋をのぞいてみると、おたまは土間のすみにぼろ雑巾のようにうずくまっていた。

町役人から少々の折檻《せっかん》を受けたらしい。

「自分は末社の格子の中へ入れただけだ。伊勢屋の者がかくしているに違いないといい張って居ります」

いささか手を焼いた恰好で町役人がいった。

「あまり手荒くするな、なにか温かいものでも食べさせてやれ」

長助を介して、少々の銭を町役人に渡し、東吾はその足で伊勢屋へ行った。

伊勢屋は店を開けて商売はしていたが、家の中は重苦しい雰囲気に包まれていた。

長助が心得て、まず大旦那の嘉右衛門とその女房のお稲を東吾に引き合せた。

嘉右衛門は今年が還暦で少しばかり足腰が弱って来ている。春になったら、若旦那の芳太郎に店をまかせ、自分は隠居するつもりでいたといい、その矢先の出来事に茫然としていた。

老夫婦にとって、万太郎はたった一人の孫息子であり、衝撃の大きさもひとしおのようである。

「金ですむことなら、この伊勢屋の身代《しんだい》を逆さにしてもかまいません。どうか、万太郎を無事にみつけ出して下さいまし」

東吾と長助にとりすがらんばかりの様子であった。

次に東吾が会ったのは、若旦那の芳太郎と女房のおとよで、芳太郎は三十五歳、おとよは三十二だという。

夫婦の間に子供は三人で、総領娘がおきたといい十三歳、次が十歳のおむら、三番目が行方不明の万太郎である。

「上が娘二人でございまして、その上、十年も子宝に恵まれないでいたところに授かった男の子でございます。それが、こんなことになりまして……」

と芳太郎が声をつまらせる傍から、半病人のようになったおとよが、

「だから、あたしがあんな子守は一日も早く暇を出して下さいといったのに、町内の人から頼まれて奉公人にしたのだからと一日延ばしにしているから……」

泣き声で抗議した。

その隣の部屋で、十三と十の二人の娘は役者の似顔絵や芝居の番付を広げて、ひそひそささやき合っている。

二人の娘が稽古をしているのだろう、床の間には琴がたてかけてあり、三味線の箱が

みえる。下の娘が抱えている人形も、なかなか上等であった。

奉公人は番頭に手代が三人、小僧が三人、店もなかなか大きいが、住居も立派で殊に裏側に広い空地があって酒倉と家倉が一つずつ、それでも、まだ離れの一軒ぐらいは充分に建てられそうな余裕がある。

一通り、店で働いている男達にも話をきいたが、暮のことではあり、近くには岡場所や料理屋のある土地柄で小売りの酒屋はかなり多忙だったという以外にはなにも出て来ない。

長助の話を聞いても、伊勢屋の評判が特に悪いこともなく、誰かに怨《うら》みをかっているとすれば、それはこの間から赤ん坊のことでさわぎを起しているおたまぐらいのものだろうという。

庭を一巡して、東吾と長助は裏へ出て来た。

そっち側の木戸から外へ出ようとしたのだが、女が一人、猫に餌をやっていた。

「お栄さんです」

長助が東吾にいい、女が驚いたように立ち上って丁寧にお辞儀をした。

「若旦那の芳太郎さんの妹ですよ」

外へ出てから長助がつけ加えた。

少し寂しい顔立ちだが、美人の中に入る。

「三十を過ぎているようだな」

東吾がいい、長助が三、だといった。

「一度、品川のほうの酒屋へ嫁入りしたんですが子供が出来ねえ。おまけに旦那が外に子供を作っちまったんで、身を引いたって話です」

再縁話もないではないが、

「当人が、もう懲りちまったみてえです」

実家では大事にされているし、芳太郎夫婦ともうまく行っているようなので、居心地も悪くないのだろうと長助は判断している。

「よくおとよさんや娘さんなんかと芝居に出かけたりしていますよ」

伊勢屋の人々は、ごく平凡で、少々、贅沢《ぜいたく》の出来る環境にいる。

「すると、金めあてに赤ん坊をさらったか、子供欲しさの人さらいか」

東吾が腕を組んだ。

「さもなければ、おたまの親どもが、娘が伊勢屋の連中にひどい目に会わされたと思って、そのしかえしに赤ん坊をどうかしたというところだが……」

けれども、長助のところの若い衆達が調べた結果では、どうもそんなふうでもない。

徳三は酔っぱらって正体がないし、母親のおはまのほうは寺の賭場《とば》でいつものように熱くなっていた。

「伊勢屋の赤ん坊が居なくなって、おたまが調べられているといっても、きょとんとしていて話になりませんや」

実際、万太郎が行方知れずになった昨日の午後から夕方までの時間、徳三は浜町河岸の大工仲間の家で祝い酒に飲みつぶれていたというし、おはまは賭場に二日も居つづけで勝負をしている。

「一緒にいた連中が口を揃えて申しますんで、まさか嘘じゃねえと思います」

考えてみれば、万太郎が行方知れずになれば、娘のおたまが難儀なことになるので、いくら出鱈目な親でも、そこまで馬鹿ではあるまいと長助もいう。

「金がめあてなら、ぼつぼつ、なにかいって来そうなものだが……」

流石の東吾も立ち往生した恰好で空しく「かわせみ」へ帰って来た。

三

翌日、東吾は講武所の稽古を終えて戻って来ると、るいを誘って永代橋を渡った。

どうにも、伊勢屋のことが気になったからである。

東吾の留守中、長助が「かわせみ」へ来ての話では、まだ、どこかから金をよこせば子供を返すというような脅迫状も舞い込んで来ないという。伊勢屋には無論、長助のところの下っ引が張り込んでいるとのことであった。

幸い、今日は風もなく、気温もまあまあの穏やかな日和である。

永代寺へ続く表通りを避けて、黒江町から裏道へ入った。

ここらは掘割が川のように町の中を走っている。

黒船稲荷へ渡る黒船橋を右にみて、堀沿いに来ると左側の長い板塀が伊勢屋の裏側であった。

塀越しに倉が二つみえて、昨日、長助と伊勢屋から出て来た裏木戸がある。

「誰がさらって行ったにしろ、生まれて十月《とつき》かそこらの赤ちゃんでしょう。ちゃんとお世話をする人がついていればとにかく、つれて行った人はもて余すのではありませんか」

女だけに、るいはそのことが気になっていた。

「赤ん坊を病気かなんぞでなくした母親が、かっとして拾って行ったんだと、万太郎は無事だが……」

悪意を持つ人間がさらって行ったのだと、どういうことになっているか心もとない。

「赤ん坊ってのは、にこにこ笑っていると愛らしいが、びいびい泣くと始末に負えねえからなあ」

東吾が正直なことをいい苦笑した時、るいがあたりを見廻した。

「どこかで藍染めをしていますのね」

藍の匂いがするといった。

たしかにいわれてみれば、独得の藍の匂いがただよっている。

「染め物屋でもあるんだろう」

蓬萊橋に出たところで堀沿いの道は行き止りであった。左に折れると、ちょうど永代寺の門前で、富岡八幡の鳥居が正面にみえる。

今度は表通りを永代橋へ向った。

通りすがりにちらとみると伊勢屋は今日も店を開いていたが、店全体が陰気であった。

番屋へ顔を出すと、番太郎がいて、おたまは家へ帰されたと知らせた。

「一応、長助親分のところの若い衆がそれとなく見張っているそうです」

長寿庵へは寄らず、東吾はるいと大川端へ帰った。

畝源三郎がやってきたのは、更に二日後、霙《みぞれ》まじりの雨の中であった。

「おたまが行方知れずになりました」

東吾の顔をみるなりいった。

「これから深川へ行くのですが、長助が、伊勢屋の件では東吾さんがいろいろとお調べになったと申しますので、お智恵を拝借に……」

「智恵もなんにもありゃしねえ。手がかりなんぞまるっきりつかめなかったんだ」

とにかく一緒に行こうと、合羽を着せられて、高下駄に番傘ではあまり颯爽《さっそう》とはいかないが、肩を並べて男二人が、通い馴れた永代橋を越える。

金兵衛長屋というのは冬木町にあった。

仙台堀に沿った町である。

徳三の住居は長屋の北の角で、四畳半一間に親子三人が暮しているのは、ごく当り前のようであった。

入口に長助の顔がみえた。

流石に徳三もおはまも家にいて、どちらも神妙であった。

「昨日、おたまがこの家を出て行った時刻なんですが……」

東吾と源三郎に頭を下げてから、早速、長助が調べた結果を話し出した。

「親は二人とも日の暮れ前まで家にいたおたまをみて居りますんで……」

徳三が夕方、酔って帰って来て、そのまま寝込んでしまったが、自分が家へ戻った時、おたまは飯を食べていたという。おはまのほうは徳三が帰ってから、いつもの賭場へ稼ぎに出かけ、朝帰りであった。

「家へ帰って来たら、宿六《やどろく》は寝ていたけど、おたまはいませんでした」

徳三のほうは女房に叩き起されるまで目が覚めず、いつ、娘が出て行ったのかも知らない。

「ところで、この二、三日、おたまの様子に変ったことはなかったか。なんでもいい、思いついたら、話してくれ」

東吾がいい、おはまがすぐに答えた。

「伊勢屋の坊っちゃんがいなくなって、番屋で随分ひどいことをいわれたらしく、ずっと家に閉じこもっていたんです」

口惜《くや》しい、とか、腹が立つ、とか、一人でぶつぶついってたのが、

「一昨日、日が暮れる前にぷいっと出かけて行って暗くなって帰って来たんです。どこ

へ行ったんだいって聞いても返事もしませんで……」

昨日は朝から家にいて、しきりになにか考えているふうだったという。

「あんな子じゃなかったんですよ。うちのがまともに働いていた時分は一人っ子ですし、けっこういい暮しをさせてやって、着るものだって食べるものだって人並みにやって来たんですよ。父親《てておや》が大酒飲みになっちまったばっかりに……」

おはまの愚痴を長助が制し、東吾は徳三のほうをむいた。

「お前は酔って寝てしまったというが、おたまの出て行ったのを全く、気づかなかったのか」

徳三が照れかくしのように顎を撫でた。が、東吾のきびしい、視線にぶつかると、

「出て行ったのは知りませんが、あいつがあっしの枕許《まくらもと》でごそごそやってたのは、ぼんやりと知ってます」

「おたまはなにをしていたんだ」

「どうも、あっしの道具箱をいじってたようで……」

面倒臭いので、そのまま寝てしまったと青い顔でいった。

「道具箱を調べてみろ」

源三郎が命じ、徳三が部屋のすみにおいてあった大工道具の入った箱をひき出して来た。

「なにか、なくなっているものはないか」

「かなてこがありませんや」

「他には……」

「別に……ねえと思います」

「この家で、他になにかおたまが持ち出したものはないか」

おはまが答えた。

「提灯《ちょうちん》をね。提灯を持って出かけたみたいですよ」

夜になって出かけたのだから、提灯を持ち出したのは不思議ではないが、

「昨夜は満月だったな」

雨が降り出したのは、夜明け近くなってからであった。

その雨がまだびしょびしょと軒を濡らしている。

訊くだけのことは訊いたと思い、立ち上りかけた東吾がふと土間に落ちている手拭《てぬぐい》に目を止めた。

拾い上げてみると、それは祭のくばりもので、かなり使い古してある。

「この手拭は誰のだ」

東吾に訊かれて、おはまが娘のものだと返事をした。

「こいつはなんだろうな」

手拭をひろげて東吾が示したのは、青い色が滲《し》み込んだようになっている部分であった。

汚れた手を拭いたような感じで、青い色が手拭にこびりついている。

「染め物の匂いのようで……」

手拭に鼻をつけた長助がいった。

「藍か」

「そうじゃねえかと思います」

「この辺りに染め屋はあるのか」

徳三夫婦と長助が否定した。

手拭についた青い色は、まだ、そう古くはなさそうであった。

金兵衛長屋を出て、東吾は雨の中を歩き出した。源三郎と長助があとからついて来る。

「伊勢屋の近くに、染め屋はないか」

だしぬけに東吾が訊く。

「この前、伊勢屋の裏の道を通った時に、るいの奴が、藍の匂いがするといったんだが」

「伊勢屋の近くには……」

長助が首をひねった。

「染め屋はございませんが……」

永代寺の表通りへ出たところで雨がやんだ。

傘をつぼめて門前仲町のほうへ来ると、むこうから来るのが伊勢屋の手代の忠吉であった。

こちらの三人をみて足を止め、丁寧にお辞儀をした。

「どこへ行きなさるんで……」

長助がさりげなく訊いた。

「日本橋の呉服屋まで使《つかい》に参ります」

伊勢屋の女達の正月用の晴れ着がもう出来上っているのだが、

「先方が、坊っちゃんのことを耳にしたようで、遠慮をして届けに参りません。大旦那様がそれはそれとして、小さいお嬢さん達はさぞかし、新しい着物がみたいだろうとおっしゃいまして、手前が受け取りに参りますので」

ということであった。

「そいつは御苦労だな」

ねぎらった長助が思いついて問うた。

「つかぬことを訊くようだが、お前さんの店の近所に染め屋はなかったかね」

傍から東吾がつけ足した。

「染め物を商売にやっていなくとも、片手間に藍染めなんぞをやっている者はいないか」

「藍染めでございましたら、うちのお栄さんがおやりになったことがございます」

「お栄が……」

若旦那の芳太郎の妹であった。

「あの人が藍染めなんかやるのか」

「へえ、まあ素人のことで、とてもまともなものは出来ませんが、大旦那様が気晴しになるのだから、なんでも好きなことをするようにとおっしゃいまして……」

もともとは、品川の婚家にいた時、近くに阿波の藍染めをやっている店があって、よく遊びに行っていたことから思いついたらしい。

「今年の春に、本格的な藍の甕《かめ》を註文致しまして、御承知かと存じますが藍甕と申しますのは人の背丈ほどもありまして、それを土中に埋め、口のところを地上一寸ばかり出しておきますんで……」

夏の間は職人がやって来て藍を仕込んだりしていたが、肝腎《かんじん》のお栄があまり大がかりなのでやる気をなくしてしまい、甕はそのまま厚い木の蓋《ふた》をしてあるという。

「何事も他《はた》からみて居りますとやさしそうでも、いざ自分が致すとなると厄介なものでございますから……」

出戻りの主家の娘の我儘《わがまま》に奉公人はふり廻されたようで、忠吉の口ぶりにも忌々《いまいま》しげなものがのぞいていた。

「お栄は子が出来なくて婚家を出て来たそうだな」

東吾が訊いた。

「そのようで……」

「亭主が外の女に子を産ませたので身を引いたと聞いたが……」

「まあ、それには違いないのでございますが、むこうさまでは、子供を引き取って女とは手を切るとまでおっしゃったそうでございますが、お栄さんが承知なさらず、とうとう、むこうの親御様が、それでは家が絶えてしまうので、子を引き取るのがいやならば、実家へ帰ってもらいたいと……」

忠吉がなんとなくあたりを見廻した。喋りすぎたと気がついたらしい。

「どうも、とんだことを申しまして……」

そそくさと行きかけるのを、東吾が呼び止めた。

「昨日、伊勢屋に、おたまが行かなかったか」

いいえ、という返事であった。

「では、一昨日の……夕方は……」

忠吉がふりむいた。

「そういえば、女中のお霜がいっていました。坊っちゃんの行方も知れないのに、よくも平気で顔が出せたものだと……」

忠吉と別れて、男三人が伊勢屋の裏の道へ歩き出した。

源三郎も長助も、東吾が獲物を追いつめ出したのに気がついている。

雨上りの堀沿いの道は寒々としていた。

伊勢屋の裏木戸のところまで来ると、確かに、かすかだが藍の匂いがした。

長助が裏木戸を開けた。

女中が井戸端で大根を洗っている。

入って来た男達をみて、少しばかり驚いたようだが、万太郎が行方知れずになってから人の出入りも多いので、今もそうした用事と思ったらしい。

「女中のお霜です。先程の話にでました……」

長助がそっと東吾に耳打ちした。

「万太郎の行方は、まだ知れないか」

東吾は、そんな声のかけ方でお霜に近づいた。

「へえ」

濡れた手を拭きながら、お霜がうなずく。

「おたまが来たそうだな。どの面下《つらさ》げて、この家の敷居がまたげたものだというのに……」

東吾の言葉に、お霜は顔を赤くした。

「本当にそうですよ。あの子のせいで、万太郎坊っちゃんは行方知れずになったんですから……」

「いつ、来たんだ、おたまは……」

「一昨日の夕方ですよ。あたしが炭を取りにそこの物置へ来たら、あの子がちゃっかり裏木戸から入って来て、その辺をうろうろしていたんで、なにしに来たってどなりつけてやったんです」

「おたまは、どうした」

「なんにもいわないで、木戸をとびだして行きました」

「そこの木戸は夜は閉めるんだろう」

「桟がありますから……大体、夜になると下します」

「昨夜はどうだ」

「閉めたと思いますよ」

「閉めるのは誰の役目だ」

「番頭さんです」

「すまないが、誰にも知れないように、番頭をここへ呼んできてくれないか」

お霜は、はい、といって店のほうへ小走りに去った。

長助がそっと東吾と源三郎の傍へ来た。

「藍甕がありました」

そこは、裏庭の広く空いているところの片すみであった。

物干場のようなのが出来ていて、その隣に簡単な屋根をかけただけの下に木の蓋をした藍甕が一つ、土中に埋まっている。

「成程、本格的だな」

これだけのものを、わざわざ作らせたのに当人は気が変ったのか、面倒になったのか、藍染めをする気配もないのでは、奉公人が顰蹙《ひんしゅく》するのも無理ではない。

源三郎が藍甕の蓋を調べた。

「東吾さん、ここに奇妙な疵《きず》がありますよ」

蓋のへりになにか固いものをひっかけて持ち上げようとしたような疵あとがある。

「かなてこでひっかけたんだ」

長助が低く叫んだ。

「こいつは、かなてこですぜ」

藍甕のすぐ横の、落葉を掃きつけたところであった。

「お手柄だぞ、長助」

かなてこの柄《え》に徳と彫ってあるところをみると、徳三の大工道具の一つに違いない。

番頭がお霜と一緒に来た。

「なにか、手前に御用とか……」

「昨夜、この裏木戸の桟を下したのはいつ時分だった」

「いつもと同じで、日が暮れまして間もなくで……」

「今朝、開けたのは……」

番頭が苦笑した。

「それは、用のある者が開けますので……手前は閉めるだけで、朝は適当に誰かが出入りの時に開けます……」

お霜が遠慮そうにいった。

「今朝は、開いていたんですよ」

起きて、井戸端へ水を汲みに出た時、

「ひょいとみたら、桟が上っていたんです」

「お前は、この家で早起きのほうだろうな」

と東吾。

「へえ、一番先に起きます」

番頭が首をひねった。

「それは妙でございます。手前はたしかに昨晩、桟を下しましたので……」

東吾が手をふった。

「そいつはもういい、やがてわかる。それよりも、万太郎が行方知れずになった日のことだが、奉公人はみんな店にいたのだな」

「間違いございません、若旦那と大旦那も帳場に出て居りました。暮は大体、そういうことでございます」

「女達はどうだ」

「大きいお内儀《かみ》さんは若いお内儀さんと日本橋へ買い物にお出かけでございました。お霜が供を致しまして……」

帰って来たのは、日が暮れてからであったといった。

「すると、男達はみんな店、奥はお栄が一人きりか」

「そういうことになりますが……」

「お栄が、あの日、店へ手伝いに出て来たりはしなかったのか」

「とんでもない、お栄さんは大方、お部屋にひきこもってお出《い》ででございます」

「ずっと、奥にいたと思うか」

「それは、わかりません。手前どもが奥へ行って、お栄さんの部屋へ参ることは決してございませんから……」

東吾が源三郎と長助にいった。

「とにかく、この藍甕の蓋を開けてみるか」

「やってみましょう」

「ようございますとも……」

あっけにとられている番頭と女中を尻目に男三人が、けっこう重い藍甕の蓋を慎重に動かした。

蓋をはずすと、ぽっかりあいた甕の中から、なんともいえない強烈な匂いがあたりに広がる。

長助が手拭で鼻を押えながら、中をのぞいた。

どんよりと黒ずんだ藍の上に、なにかが浮んでいる。

源三郎が近くにあった長い棒を取り上げた。

藍をかき廻すための棒である。

それをぐいと甕の中へ突っ込んで、浮んでいるものを押し上げるようにした。

見守っていた人々の間から、声にも叫びにもならない異様なうめきが聞えた。

四

藍甕の中からは、藍だらけになった万太郎とおたまの死体が引き上げられた。

「それじゃ、お栄さんって人がやったんですか」

いよいよ今年も残り少くなった暮の一日、大掃除をすませて一服の時に、伊勢屋の話が蒸し返された。

「さっき源さんがちょいと表へ顔を出したろう、あれは、やっとお栄が白状したことを知らせに来たんだ」

最初、頑強に口をつぐんでいたお栄だったが、やんわりと情のある源三郎の取調べに、とうとう泣きながら、すべてを告白した。

「お栄は兄夫婦が羨《うらや》ましかったんだな、自分は子が産めないばかりに婚家を出戻りになった。兄嫁には三人も子が生まれて、殊に万太郎のことは家中が宝物のように大事にしている。忌々しかったんだろうな」

「でも、だからって、赤ちゃんを殺すなんて、ひどすぎますよ」

るいが眉をひそめる。

「最初は殺すつもりはなかったのかも知れないよ」

伊勢屋の人々の話によると、お栄はむしろ万太郎を可愛がり、子守のおたまに腹を立てていたという。

「あの日、外へ出て行ったのも、又、おたまが万太郎をほったらかしにしていると心配して見に行ったというのだから……」

富岡八幡の末社の格子の中に入れられていた万太郎をみつけて、抱いて帰って来た。

「おたまにわからないように万太郎をつれて帰ろうとして、大声で泣く万太郎の顔を袂《たもと》でおさえて声が聞えないようにしたというんだが、おそらく強く押えすぎて赤ん坊は息が詰まって死んじまったんだろう」

裏木戸から入って、万太郎を抱き直そうとして死んでいるのに気がついた。

「お栄は逆上したんだろうな、前後の考えもなく赤ん坊を藍甕に投げ込んだというから、やっぱり、尋常じゃない」

お栄の立場になって考えてみれば、万太郎を殺してしまったと家族に知れたら、両親はもとより、兄夫婦も、奉公人も、どんな目で自分をみるか、とても伊勢屋にいられなくなると思いつめたのかも知れなかった。

それでなくとも、出戻りの肩身のせまい立場であった。

「おたまって子は、お栄が万太郎坊っちゃんを殺したことに気づいたんですかね」

とお吉。

「ひょっとすると、お栄らしい女の姿をみたのかも知れない。だから、おたまは最初の中、また伊勢屋が自分をこらしめるために万太郎をかくしておいて大さわぎをしてみせているると思っていたのだろう。しかし、それにしては、いつまでも万太郎が戻って来ない。で、ここから先はお栄が白状したことなんだが、おたまは伊勢屋へ行ってお栄に訊いてみようと裏木戸から入った。自分が殺される前日のことだ」

ふと見ると、お栄が藍甕のところにいて、しきりに蓋をずらしては、中をのぞき込んでいる。不審に思って、お栄が立ち去るのを待って甕をのぞいてみたところ、どうも、なにかが浮んでいる。その日は女中のお霜にみとがめられて逃げ出したが、家へ帰って考えている中に、ひょっとして万太郎が、と思い当った。

「それで、翌夜《あくるよ》、かなてこと提灯を持ってたしかめるために伊勢屋の裏庭に忍んで来た。お栄のほうは、女中がおたまの姿をみたといったものだから、もしかするとおたまが藍甕の秘密を知ったかと不安になった。おたまが甕の中を調べに来るとすれば夜だろうと見当をつけ、わざと裏木戸の桟をはずして待ちかまえていたんだ」

そうとは知らず、忍び込んで、甕の蓋を開けたおたまはお栄に突きとばされて甕の中へ落ちた。

「むごいことを……そんなことをして、誰かが甕の中をみればわかってしまうでしょうのに……」

藍甕の中で溺死《できし》した少女のことを思って、るいは身慄《みぶる》いした。

「お栄にしても、永遠にかくし通せるとは考えていなかったようだ」

あやまって万太郎を殺し、その発覚を怖れて、おたまを殺した。いわば、行き当りばったりの犯罪である。

「おたまちゃんも、最初に藍甕が変だと気がついた時、すぐに番屋なり、町役人になり訴え出りゃあよかったのに……」

お吉の言葉に、東吾がいささか憂鬱そうにかぶりを振った。

「あの子は、誰も信じられなかったんだ。親も、役人も、世間も……」

徳三が何故、大酒飲みになって仕事をしなくなったのかは知らないが、少くとも、幼い日には一人っ子でそれなりに大事に育てられた。

「いつの頃からか、両親の様子が怪訝《おか》しくなって、家の中が荒れはじめた。十三で他人の家の子守に行く、その家では自分と同じくらいの娘が稽古事だ、晴れ着だと派手な毎日を過している、おたまにしたら、羨ましいのと、腹立たしいのとごっちゃになっちまったんだろうな」

赤ん坊をうっちゃっておいて遊んで歩いたのも、そうした自分の気持をどうしようもなかったあげくだろうと東吾は思う。

「ですが……」

それまで黙っていた嘉助がいった。

「人はみんな、各々の生きて行く立場みてえなものを背負っているんですから……」

東吾がうなずいた。

「その通りさ。ただ、十三の子に、そいつがどれほどわかるものかなあ」

板前が出来たての甘酒を運んで来た。

明日の餅つきの段取りをお吉に告げている。

「あと、いくつ寝ると正月が来るのかね」

甘酒の茶碗を取り上げて東吾がいった時、どこかで猫の啼《な》き声がした。

東吾の脳裡に、はじめてお栄を見た折、彼女が野良猫に餌をやっていた姿が浮んだ。

あの女も本来は心の優しい平凡な女房だったのだろうにと思い、そのことは口に出さず、東吾は熱い甘酒を要心深くすすりはじめた。

外を煤竹《すすたけ》売りの呼び声が通って行く。

白《しろ》い影法師《かげぼうし》

一

江戸の冬、霧の立つのは珍しくないが、この夜の麻布一帯は、まさに白い海であった。新堀川から湧いて出たのか、六本木の高台から吹き下ったのか、辺り一面が白い闇で、寺の大屋根も、武家屋敷の甍《いらか》も、いや、それどころか一寸先を行く提灯のあかりさえもが、おぼろにかすんで、歩く足許《あしもと》すら定かではない。

通夜のあった旗本、小出伊織の屋敷は御薬園坂を上り切った本村町の通りを西に入ったところなので、その門を出た神林東吾と松浦方斎《まつうらほうさい》は、すぐ近くの天真寺の住職が同行していたこともあって、御家人衆の屋敷の並ぶ路地を抜け、天真寺の裏門を入って境内を通り、本村上ノ町の四ツ辻へ出た。

なにしろ、方角もわからない霧の中なので、天真寺の住職、曠心《こうしん》和尚は寺男と一緒に表門まで見送ってくれた。

「その辻を右に参りますと仙台坂、まっすぐに参りますと道が三筋に分れて、一番、右寄りが一本松坂、中が暗闇坂、どちらへ行かれましても大事はございませぬが……何分にもこの濃い霧でござれば、迷う筈《はず》のないところで迷いまするぞ、くれぐれもお気をつけられて……」

狸穴《まみあな》方月館の主《あるじ》である松浦方斎は勿論、神林東吾にしても、麻布のこの辺りは初めて来たという場所ではなかった。

通常なら道に迷うわけがない。

が、今夜の霧は町筋まで、とっぷりと包み込んで、まるでめんない千鳥にされたような按配《あんばい》であった。

「まあ、ぼつぼつと参りましょう。御案じなく……」

和尚に礼をいい、東吾は老師にぴったりと寄り添うようにして歩き出した。

二人の足許を照らす筈の提灯が、白くぼやけて頼りにならない。

仙台坂を避けて、東吾が善福寺の門前町を行ったのは、町屋が続いているほうが多少なりとも勝手がよかろうと思ったのだったが、このような霧の深い夜は大方の家が早寝をしてしまうのか、白く流れる靄《もや》の中に人家の灯が洩《も》れているのは一軒もない。

「東吾」

老齢を感じさせない足どりで歩いていた方斎がふっと呟《つぶや》くようにいった。

「老少不定《ろうしょうふじょう》とは、よくいったものじゃな」

急死した小出伊織は、方斎の囲碁友達だが、年は一廻り以上も若かった。酒は好きだったが溺《おぼ》れるほどでもなく、これといった持病もなかった。それが、今朝、手水《ちょうず》を使っている最中に倒れて医師がかけつけた時にはもう心の臓が停《とま》っていたと聞いて、方斎はかなり衝撃を受けたようである。

それに対して、東吾が何か答えようとした時、一本松坂のほうから人の叫びが聞えた。地を走る音、追う声が分厚い霧の向う側で起っている。

反射的に東吾は老師の前へ出た。

雲海の中から黒いかたまりがころげ出たように、東吾の前方で人間がたたらをふんで立ち止るのがみえた。

といっても、一人なのか二人なのか、それとも数人なのか、全くわからない。

「待ちやがれ」

という声が、その後方で聞えた。

がらがらと大八車が霧をかき分けて、その上に千両箱がみえたとたんに、男が斬りかかって来た。もの凄い早さで東吾が抜き合せる。

いつの間にか、提灯は東吾の手から方斎へ移っていた。

方斎が提灯を高くかかげ、その光で、追って来た男が方斎を認めた。

「老先生……」

「仙五郎か。東吾も居るぞ」

「ありがてえ。こいつらは賊でござんす」

声は聞えるが、おたがいの姿は霧の中であった。

「若先生は、どこです」

「仙五郎、こっちだ」

呼び合いながら、東吾は自分に向って来た敵の姿を見きわめようとしたが、相手はもうその辺には居ないらしい。

「賊は逃げたな」

提灯を持って、方斎が東吾に近づき、仙五郎がその灯影《ほかげ》の中へ顔を出した。

「親分、大八が、ここに……」

仙五郎のところの若い者が道ばたの大八車にとびついた。

「千両箱は無事で……」

方斎と東吾は、四辺に耳をすませたが、もはや人の気配もなく、足音も聞えない。

ともかくも、大八車を囲んで一本松坂から永坂町のほうへ出て来ると、手に手に提灯を持って鳶《とび》の連中やら、若い衆などが下りて来るのに出会った。

「甲州屋に盗っ人が入ったってんで……」

色めき立っているのを、仙五郎が制した。

「金は取りかえした。いい按配に方月館の老先生と若先生がお出《い》でなすって……、だがこの霧で盗っ人には逃げられちまったんだ」

わあわあと飯倉片町の材木問屋、甲州屋へたどりつき、東吾と方斎は狸穴の方月館へ帰った。

その夜の中《うち》に甲州屋の主人が仙五郎と一緒に方月館へ礼に来た。

方斎は寝てしまっていて、東吾が応対したのだが、

「おかげさまで助かりました。あの金を盗まれては、新年早々、店を閉めねばなりませんところで……」

初老の主人が頭を床《ゆか》にすりつけて何度も繰り返す。

その甲州屋が帰って、東吾が仙五郎に訊《き》いてみると、麻布界隈は昨年の春からこっち、盗賊の跳梁《ちょうりょう》に悩まされているという。

「なにせ、大店《おおだな》ほど暮はまとまった金がございます。そいつをねらって入《へえ》りますんで」

盗みに入る手口はさまざまで、暮の中には、もっぱら、女の声で外から戸を開けさせ、急な買い物かとくぐりの桟をはずすと、とたんに抜き身を下げた男が二、三人とび込んで来て家の者を縛り上げ金のありかを白状させて盗んで行くというのが多かったらしい。

「手荒い連中で、ちょっとでも手むかいをしますと、容赦なく叩《たた》っ斬《き》るので、盗っ人に入られたことに気がついても、隣近所は知らぬふり、息をひそめて、とにかく、かかわり合いになるまいと致します」

従って、盗みを働いて逃げる連中にとっては無人の町を行くようで、仙五郎達が調べ

に行っても、どっちへ逃げたのか目撃者がまるでない。

「業《ごう》を煮やして、正月早々、夜廻りを続けて居りまして、ちょうど、今夜、甲州屋から盗っ人の出てくるところと出くわしまして……」

追いかけたのはいいが、あの霧の深さである。

「そう聞いてみると、賊を逃がしたのが残念だな」

東吾は口惜《くや》しがったが、あの白い闇の中ではどうすることも出来なかった。甲州屋の話では押し入った賊は三人だったらしいが、東吾がみたのは自分に斬りかかって来た一人だけで、その面体《めんてい》も定かではなかった。

一夜あけて、東吾が方斎と向い合って朝飯を食べているところへ、仙五郎のところの若い者がとんで来た。

「本村町のお稲荷さんの前に、昨夜の盗っ人らしいのが死んで居りますそうで、親分は今、そっちへ参りました」

なんのことだかわからないが、昨夜の行きがかりで東吾は早速、若い者と一緒に方月館をとび出した。

その場所は、昨夜、天真寺の住職と別れて間もなくの四ツ辻で、小さな赤い鳥居のあるお稲荷さんの祠《ほこら》は、松平陸奥守の下屋敷の塀ぎわにある。道の向い側は善福寺とその門前町、四ツ辻の反対側は本村上ノ町と本村町であった。

野次馬が遠巻きにしている中で、仙五郎が男の死体を調べている。

昨夜の霧は全く晴れて、そのかわり冷え込んだ道のすみには霜柱が高く盛り上ってい
た。

「若先生、毎度、申しわけございません」

恐縮する仙五郎に並んで、東吾も男の死体を眺めた。

黒っぽい筒袖《つつそで》の着物に、同じ色の股引《ももひき》に尻っぱしょり、足には草鞋《わらじ》をはいている。腰には脇差が一本、これは鞘《さや》におさまっていた。

髪は元結《もとゆい》が切れてざんばらになっているが半分ほど白くなっているのからして、六十歳に近い年齢と思われる。

死因は胸を一突き、おそらく声も立てずに倒れただろうと思われた。

「若先生は、昨夜、賊をお斬りなさいましたんで……」

そっと仙五郎がささやいた。

「いや、抜き合せたが、斬っては居らぬ」

第一、その場所も、ここよりずっと上のほうで一本松坂と暗闇坂の分れ道のあたりの筈であった。

「老先生は、どうでございましょうか」

遠慮がちに仙五郎がいう。

「方斎先生は刀もお抜きになっていなかった。もし、人を斬るなり、突くなりすれば、必ず、刀の手入れをせねばならぬ」

昨夜、方月館へ帰って方斎が刀をあらためてみることもなかったたし、東吾にしても同様であった。

「親分は、どうして、こいつが昨夜、甲州屋へ入った盗っ人だとわかったんだ」

東吾が訊き、仙五郎が片手に摑《つか》んでいたものをみせた。

「こいつが、この野郎の懐《ふところ》にございましたんで……」

金包であった。封印した二十五両の包が四つと他に一両小判が数枚、木綿の袋に入っていて、その袋に甲州屋と染めてある。

「甲州屋で昨夜、聞きましたんですが、盗っ人は千両箱の他に、帳場の金箱から百五両入っている金袋も奪って行ったそうでして……」

それが、この男の懐中にあったからには、昨夜の押し込みの一人に違いない。

「いったい、誰がこいつを殺したんでしょうか」

仙五郎が首をひねり、東吾は途方に暮れた。

盗賊が金のことで仲間割れでもしたのなら、この男の懐中に百数両がそのままになっているのが怪訝《おか》しい。

方月館へ戻って、東吾がことの次第を方斎に報告すると、方斎もあっけにとられた。

念のために、方斎も東吾も各々の刀を調べてみたが、勿論、血の痕《あと》なぞあるわけもない。

殺されたのが、盗賊の一味のようなので、どうということはないのだが、なんとなく後味が悪かった。

その日、東吾は方斎と共に、小出伊織の葬儀に出てから、八丁堀へ戻った。組屋敷の兄の家へ寄ったのは、そもそも小出家とのつき合いは、兄が方月館の隣に買った地所が、小出家のものだったためで、通夜も葬式も、兄の代理で弔問したからである。

で、ついでというのもなんだが、その盗賊の話もすると通之進が眉をひそめた。

「お前が斬ったのではないのか」

念を押されて、東吾は笑い出した。

「兄上、いくら手前がぼんやりでも人殺しをしておいて気がつかないということはありません」

「それはそうだが、しかし、面妖《めんよう》だな」

「その中、仙五郎がなにか知らせてくるかも知れません」

たいして気にも止めず、東吾は大川端の「かわせみ」へ帰ったのだったが……。

二

それから三日ほどして、畝源三郎が「かわせみ」へやってきた。

「神林様の御指図で麻布へ行って来ました」

飯倉の仙五郎に会って、例の盗賊のその後を訊いて来たという。

「甲州屋の一件以来、麻布界隈の盗賊の跳梁は停っているそうですが……」

本村町の辻で殺害された盗賊の一人の死骸が、何者かによって盗まれた。

「一応のお調べが終って、男の死体は新堀川沿いの光林寺の無縁墓へ埋められたと申しますが、一夜あけてみましたら、墓があばかれていて、死体が紛失していたとか」

察するところ、盗賊仲間が掘り出して行ったのではないかと、源三郎はいった。

「しかし、兄上はなんだって源さんに麻布の件を調べさせたんだ」

不服そうな東吾に源三郎が苦笑した。

「やはり、東吾さんも方斎先生も賊を突いて居られないのに、その一人が殺害されていたことを不審に思われているようですな」

胸を突かれて死んでいたと仙五郎がいったが、どんな突き傷だったのかと訊かれて、東吾は答えた。

「あれは、匕首《あいくち》のような短い刃物で、思いきり抉《えぐ》ったもんだ」

「武士の仕業と思いますか」

「侍じゃないだろう。人殺しに馴れた奴、少くとも剣術《やっとう》の稽古をした者のすることじゃない」

「とすると、盗賊は、この節、流行《はや》りの御用盗ではありませんな」

勤皇浪士と名乗る賊が、江戸を跋扈《ばっこ》している。

「俺の感じでは違うような気がする。もっとも、霧の中から俺に斬りかかった奴は侍くずれかも知れないとも思うが……」

あっという間の出来事であった。

「霧があんなに深くなけりゃ、もう少し、なにかがみえた筈なんだが……」

「仙五郎もそう申していました。賊の人数も逃げた方角もわからなかったそうで、まあ、甲州屋の千両が取り戻せたのは東吾さんのおかげだと喜んでいます」

「あの時、一人でも取《と》っ捕《つか》まえていりゃあなあ」

「闇夜の斬り合いは危険ですよ」

なんのために殺害されたのかはわからないが、そいつが案外、盗賊の首領だったのではないかと、源三郎はいった。

「今のところ、盗賊が動かないでいるのは、そのせいかも知れません」

源三郎が帰ったあとで、話を聞いていた嘉助がいった。

「麻布あたりは、江戸もはずれでございますから、お奉行所の手も廻りかねるのでございましょう。それで、神林の旦那様は畝様をおやりになったのかも……」

大体、麻布の大半が武家屋敷と社寺で町家は、ほんのひとつまみしかない。

武家屋敷も社寺も、町方の支配違いで、そうしたところに賊が逃げ込んでしまうと、仙五郎のような岡っ引では、調べようがなかった。

「この節、西国大名なんてのは油断がならねえからな」

薩摩藩がかげで糸を引いて、江戸の治安を乱していたり、長州浪人と称する一団が押込みをやってのけたりしている。

そのくせ、薩摩の殿様も長州藩主も表むきは堂々と千代田城で将軍に拝謁し、幕閣の諸侯におさまっているのだから始末に負えない。

東吾は念のために、麻布あたりに屋敷のある大名を調べてみたが、上屋敷、下屋敷のある家の中で格別、幕府に対して過激な、というところはなかった。あとは旗本や御家人の屋敷ばかりである。

もっとも、あの夜の盗賊が必ずしも、麻布に住んでいるとは限らない。

新堀川のむこうは高輪だし、代官所の支配になる目黒村も目と鼻の先であった。

一月の終りに、麻布から天真寺の住職が私用で築地へ出て来た。

寺の地所に関する訴訟のことなので三、四日はかかるかも知れず、知り合いの寺に厄介をかけるのも心苦しいからと「かわせみ」に宿を求めて来た。

無論、「かわせみ」では大切な客としてもてなしたのだったが、その住職の給仕を女中まかせにせず、るいが朝夕の膳を自分で運び、住職の話し相手をした。

曠心和尚は、生臭物は摂らず、至って粗食であったが、酒は般若湯《はんにゃとう》と称して少々たしなむ。

その夜も半刻ばかり、住職の給仕をしてから居間へ戻って来たるいが、ちょうど風呂から出て来た東吾に、住職の話をした。

「麻布は、やっぱり、なにかと物騒なそうですよ」

天真寺の知り合いの地主の倅《せがれ》が、たて続けに二度も殺されかかったという。

「家に盗っ人が入ったのか」

また、盗賊が荒らしはじめたのかと東吾は思った。

「いえ、そうじゃなくて、一度は道を歩いていて突きとばされて川へ落ち、二度目は家に火をつけられたんだそうです」

「なんだ、そりゃあ」

なんとなく聞き捨てに出来なくて、東吾は自分で酒を持ち、住職の部屋へ行った。

もともと話し好きの住職は、訴訟が片づいたということもあって、東吾の来室を歓迎した。

「和尚の御近所は、なにかと剣呑《けんのん》のようですな。盗賊が殺されて居ったり、川へ突き落された者がいたり……」

さりげなく水をむけると、曠心和尚は丸い頭に手をやった。

この前、盗賊仲間が殺害されていた四ツ辻から天真寺はすぐである。

「どうも、末世と申しますか、ありがたくない話が多うござる」

川へ落されたり、家に放火されたりしたのは、本村町で少々の土地を持っている太左衛門という者の倅で市太郎という男だと教えてくれた。

「地主の倅というと、やはり、金がめあてか、或いは人に怨みを受けているとか」

「いやいや、そうではないと思いますよ」

親は少々の資産家だが、

「市太郎と申すのは先妻の子で、太左衛門どのが後添えをもらってからは夫婦で別居し、只今は豆腐屋を致して居ります」

住んでいるのは広尾町の毘沙門天《びしゃもんてん》の近くで、店は小さいが、かつぎ売りにも出て居りけっこう売れてはいるが、何分にも豆腐屋だから大金が貯《たま》っているわけでもない。

「夫婦そろって若いが、しっかり者で人柄も悪くはない。怨みを受けるような者達ではございません」

「それにしては災難ですな、川へ落されたり、火つけをされたりでは……」

「幸い、市太郎がばしゃばしゃやっているのを通りすがりの舟がみつけまして助けてくれました。放火のほうは、飼犬がひどく吠えたので怪訝《おか》しいと思って外へ出たら、軒下に積んだ焚木《たきぎ》から火が上っていて、これはもう近所が総出で水をかけ、まあ、無事でした」

世の中が不穏だと、悪質な悪戯《いたずら》をする者が出て来ると、住職は歎いた。

「太左衛門どののところは、今年になって不祥事続きでしてな、後妻のお松どのの父親が川崎のほうで一人暮しをされていたそうだが、辻斬りに遭ったとかで、むこうには知り合いもたいしてなく、太左衛門どのが遺骸を引き取って、手前共で法要を致しました」

太左衛門の家は代々、天真寺の檀家で、墓地には墓もある。

「では、遺骸も、そちらに葬《ほうむ》ったのですか」

「お松どのというのは一人娘だそうでしてな。まあ、墓は近いほうが、なにかと便利じゃやで……」

「太左衛門と申す仁《じん》の家は代々、地主ですか」

「家作をかなり持って居りましてな、それに土地も少々、今の太左衛門どのの祖父に当る人が広尾の大百姓だったので、その頃は町屋もあまりなかったようだが……」

「今の太左衛門という人は、どんな人柄ですか」

「若い頃、賭事《かけごと》に凝って親から勘当されたことがあるが、上方へ行き、かなり苦労をして金を貯め、三十なかばで江戸へ戻って参りましてな。父親も年をとって気が弱くなって居りましたのか、勘当を許して跡を継がせました。その時、夫婦になったおよねどのというのが、先程の話の市太郎の母親で……じゃが、気の毒なことに七年ほど前に病気で歿《なくな》りました」

「で、後妻というのは……」

「お松どのは、女中でして、太左衛門どのとは親子ほども年が違うのが、およねどのが歿って半年目に後妻に直りまして、翌年、男児が誕生しました」

今は五歳になる直吉という子だといった。

「何分にも、五十なかばで出来た子ですから、太左衛門どのは大層、直吉を可愛がって居ります」

「では、太左衛門どのに万が一の時、家を継ぐのはその直吉ですか」

「いや、そうは参りますまい。家を出たと申しても市太郎に落度があったわけではなし、長男は長男でござれば……」

無論、直吉母子の行く末にそれ相応の配慮はするだろうが、と、曠心和尚は極めて常識的な判断をしている。

訴訟が終って、天真寺の住職が「かわせみ」を発《た》って行ったのと入れかわりのように、飯倉から仙五郎がやって来た。

「どうにも、あっしの一存では、手に負えませんので、若先生のお智恵を……」

本村町の地主、太左衛門が変死したと聞いて、思わず、東吾は内心で舌打ちした。

実をいうと、曠心和尚の話を聞いている時に、ふと、そんな予感がしたものである。

「どうせ、明日は暇なんだ、今から一緒に行ってやるよ」

昨年の秋から、幕閣の上層部に意見の相違があって、そのとばっちりが軍艦操練所の内輪揉《も》めに及んでいる。そういうものに巻き込まれるのは心外なので、東吾は兄と相談して休職願いを出した。

今のところ、軍艦操練所に通っていた大方が東吾と同じ行動を取っている。

そうした状態なので、一日おきに講武所へ通うだけだから、かなり自由がきくようになった。

仙五郎がお吉自慢の蕎麦がきで腹ごしらえをしている中《うち》に、東吾は身仕度をした。

今夜は方月館泊りになるわけだが、事件が持ち込まれたら、じっとはしていられない亭主の気性を知り尽しているるいは、みんなの手前、笑顔で送り出す外はない。

三

この季節のことで、麻布へ着いた時には、もう薄暗くなっていたが、東吾は仙五郎と共にまっすぐ本村町の太左衛門の家へ行ってみた。

太左衛門の死体は、仙五郎が麻布を出る前に検屍が済み、町役人《ちょうやくにん》が立ち会いで通夜の仕度にかかることを許していたというのに、行ってみると、家の中がなにやら揉めている。

ちょうど表にいた仙五郎のところの若い者が、東吾と仙五郎をみてとんで来た。

「町役人の方々と、お内儀《かみ》さんが喧嘩腰なんでして……」

太左衛門の女房のお松が、通夜にも野辺送りにも、市太郎夫婦を呼ばないと言い張って居り、町役人や町の世話人達が、いくらなんでも、長男夫婦抜きは怪訝しいと説得しているという。

「市太郎夫婦はまだ来ていないのか」

「いえ、町の者が知らせると、取るものも取りあえずかけつけて来ましたんですが、お松さんが家へ入れねえんで、すぐ近くの藤屋という饂飩屋《うどんや》に居ります」

仙五郎はその藤屋が天真寺の門前なので、ともかくもそこへ行こうといった。

藤屋の主人は平兵衛といい、夫婦とも、五十を過ぎている。

入って来た仙五郎と東吾を丁重に迎え、小座敷に案内した。

そこに若い夫婦が、おそらくこの店の心尽しだろう、湯気の立つ饂飩をすすっていたが、慌てて箸《はし》をおいてお辞儀をした。

「かまわないから続けてくれ、食いながら返事をしてくれればいいんだ」

ざっくばらんに東吾が声をかけ、仙五郎が、こちらは狸穴の方月館の若先生で、なんでも、おっしゃるようにしたほうがいい、とつけ足した。

「太左衛門が急死したそうだが、お前達は対面はすませたのか」

東吾の言葉に、市太郎が激しく首を振った。

「いいえ、手前どもが知らせを受けて参りました時、父は家へ移されて居りまして、お松さんがどうしても会わせてくれませんので」

「なんで、お松はお前達を家へ入れないのだ」

傍《そば》から平兵衛が腹立たしそうに口を出した。

「あの女は町役人の方々に、太左衛門さんの遺言だからと申しているそうですが……」

「そんな筈はございません」

市太郎が声をふりしぼった。

「手前は、なにも父から勘当されたわけではございません。ただ、父があの女を後添えにすると申しました時、少々、反対を致しました。そのことがあの女の耳に入り、手前どもを外に出すよう父を口説いたのでございます。それで手前どもも一緒に暮せば、父が間に入って気を遣うだけだと存じまして、広尾へ別居致しました。それだけのことで、手前どもが家へ顔を出すのは、あの女が嫌いましたので滅多に出入りは致しませんでしたが、父のほうからは時折、そっと広尾へ訪ねてくれましたし、殊にこの秋の終り頃からは頻繁に顔をみせてくれるようになりましてございます」

それというのも、市太郎の女房のおあきがみごもったからで、

「この四月に生まれる予定の孫のことを、それは、たのしみにして居りました」

だから、自分に万一の時、市太郎夫婦を家に入れるな、などという遺言をする筈がないと涙を浮べて抗議した。

「ところで、太左衛門は物置で首をつって死んでいたそうだが、自殺するようなわけでもあったのか」

とんでもない、という声が市太郎をはじめ、傍にいた平兵衛夫婦や心配してやって来た世話人達から異口同音に出た。

「太左衛門さんは、春に初孫の生まれるのを、みんなに話して、そりゃあ喜んで居りました。この町の者も大方、一度や二度は太左衛門さんの口から、そのことを聞いて居ります。男の子であれ、女の子であれ、名前は天真寺の和尚さんにつけてもらうのだと……」

体は丈夫だったし、暮しむきに心配があるわけでもなかった。

が顔を見合せた。

「お松との夫婦仲は、どうだったのだ」

東吾が市太郎夫婦というより、むしろ、それを囲むようにしている人々に訊き、彼等が顔を見合せた。

太左衛門の口から、いいとも悪いとも聞いたことがないという。

「まあ、親子ほども年が違いますし、男の子まで生まれて居りますのですから……」

太左衛門としては満足していたのではないかというのが町内の意見であった。

それから東吾が改めて市太郎に訊ねたのは、彼の二度の災難であった。

これは、東吾が天真寺の住職から聞いたように、当人には未《いま》だに何がなんだかわからないとのことである。

「突きとばされて、川に落ちましたのは、ちょうど三之橋を渡ったところで、商いの帰りでございました。いきなり、背中を突かれまして……」

体が泳いだところを、更にもう一つ突かれて、天秤棒でかついでいた荷と一緒に川へ落ちた。

「突いた奴の姿はみなかったのか」

「それが、大層、霧の濃い夕方でございましたので……」

「男か女かも、わからないのか」

「男でございましょう。女ではまさか……」

二度目の放火は、夜明け前のことで、

「と申しましても、手前どもでは商売柄、朝は暗い中から仕事にかかります」

普通の家ならまだ白河夜船の刻限だが、夫婦は起きて身仕度をしていた。

もともとは捨て犬だったのを、おあきが不愍《ふびん》がって餌をやり、いつの間にか土間のすみで寝起きするようになっていたのが、突然、けたたましく吠え出した。

「普段は大人しい犬でございますので、怪訝しいと思いまして外へ出てみますと、軒に火がついて居りまして……あとはもう夢中で」

火の気のある場所ではなく、消火してからみると、紙くずだの、小枝だの、故意に誰かが火つけをしたのだと判った。が、これも犯人は未だにみつからない。

「手前も女房も、人様から怨まれるようなことをしたおぼえはございませんが……」

「お松は怨んでいるだろう」

ずばりと東吾がいい、市太郎がうつむいた。

「ですが、六年も昔のことでございます」

その頃なら、いやがらせもするだろうが、当人が太左衛門の後妻に入り、直吉という子まで生まれている今、なんで自分達に仇《あだ》をすることがあるのかと、市太郎はいった。

「親父が歿りまして、そのあと、手前が家へ乗り込んで、お松母子を追い出したとでもいうのなら、わかりますが……」

市太郎が災難に遭った時、太左衛門はまだ健在であった。

「太左衛門は最近、お前の家へよく来たといったが、その折、なにか話したことはないのか」

「親父は口の重い人で……」

だが、市太郎はおあきをみて思い出したようである。

「そう申せば、この正月、家へ参りました折に、おあきに、苦労をかけたが、もう少しの辛抱だといったことがあったそうで……」

おあきがうなずいた。

「わたしが水仕事をして居りますと、体を冷やさないよう気をつけるようにといって下さいまして、その時に……」

「もう少しの辛抱だといったのか」

「身二つになるまでの辛抱だというように思いましたのですが……」

つまり、大きなお腹で働くのも、赤ん坊が生まれるまでの辛抱というように、おあきは受けとめたようである。

「それは、いつのことだ」

「七草の翌日だったかと……」

訊くだけのことは訊いたと思い、東吾は藤屋を出て、仙五郎と太左衛門の家へ向った。

少々、驚いたのは、その家がこの前、盗賊の一人が死んでいた稲荷の祠《ほこら》と隣合せだったからである。

もっとも、家の入口は、天真寺の向い側、本村町の表通りに面している。

太左衛門の遺体は湯灌《ゆかん》をすませ、北枕に安置され、一通りの通夜の仕度が出来ている。

今しがた、天真寺の住職が枕経をあげて帰ったところで、通夜の客も長居をせず、そそくさと引き揚げて行く。

お松は直吉を寝かせに行っているとかで、仏の枕辺には四十なかばの実直そうな男がすわっていた。

「手代の忠三郎で……」

と仙五郎が東吾に引き合せた。

「とんだことだったな」

太左衛門の死体をみつけたのは誰だと訊かれて、忠三郎は青ざめた顔で頭を下げた。

「今朝、手前がいつものように表の戸を開けて居りますと、お内儀さんが起きて来られまして、こんな早くに旦那はお出かけかと訊かれます」

入口の戸は忠三郎が開けたことでもあり、太左衛門が出かけたとは思えなかったので、家の中をあちこち声をかけて歩いたが、どこにもいない。

「旦那様は近頃、早くお目ざめになりますと庭の落葉掃きなぞをなさっていることがございますので、裏庭のほうへ行ってみますと、物置の戸が開いて居ります。何気なくのぞき込みましたら、目の前に……」

奥の鴨居《かもい》に太左衛門がぶら下っていた。

「仰天しまして、お内儀さんを呼びましたが、お内儀さんは一目みただけで腰が抜けた

ように なりまして……それから、近くの鳶《とび》のところへ走りまして……」

鳶頭がかけつけて来て、忠三郎と二人がかりで太左衛門を下した。

「この家の奉公人は……」

「手前と、通いの女中が居りましたが、年をとって来まして、昨年の暮で暇を頂きましたから……」

すると、太左衛門夫婦に悴の直吉、それに忠三郎ということになる。

「お前さんは、この家でなにをしているんだ」

「まあ、雑用と申しますか……」

家作の家賃の取り立てや帳付けをしているという。

「ここへ奉公して長いのか」

「かれこれ三年余りになりましょうか」

自分はお松の死んだ父親の遠い親類であるといった。

「小間物を売って行く商売をして居りまして……生まれつき体が弱く、女房も持てない有様で……」

この家へ奉公したのは、お松の口ききだということであった。

奥からお松が出て来て、東吾と仙五郎に挨拶をした。

小柄で小肥《こぶと》りの、気のよさそうな女で、いささか東吾はあてがはずれたような気持になった。

「太左衛門の遺言で、市太郎夫婦を家に入れないそうだが、なにか、書いたものでもあるのか」

東吾にいわれて涙ぐんだ。

「書いたものはありません。ただ、いつも口癖のようにいっていて……忠三郎さんも知っています」

忠三郎が遠慮がちにうなずいた。

「たしかに、旦那様はよくおっしゃいました。自分になにかあった時、市太郎さんを家へ戻すと、お内儀さんや直吉坊っちゃんが追い出されるといけないから、くれぐれも気をつけるようにと……」

「しかし、息子は息子なんだ。せめて死顔なりと対面させ、野辺送りをさせるのが順当だろう」

お松は両手を顔に当てて泣いている。

みかねたように忠三郎がとりなした。

「お内儀さんも、今はお気持が昂《たか》ぶってお出でで……天真寺の和尚様にもいわれたことですし、今夜、手前がゆっくりお話し申しまして……明日は市太郎さんに来て頂けるように致しますので……」

東吾がちょっと白布をとりのけて仏の顔をのぞき、それからさっさと外へ出た。

仙五郎に低声《こごえ》でなにかささやいておいて、自分はまっすぐ方月館へ行った。

いい具合に霧もなく、細い月が中天にかかっている。

四

翌朝、まだ暗い中に東吾は方月館を出た。

一本松坂を下り切ったあたりで朝になる。

天真寺のみえる四ツ辻まで来て、ふと足が止ったのは、例の稲荷社の前でせっせと落葉を掃いている老女がいたからである。

髪に手拭をかぶり、綿入れの袖なしを着て、その上から大きな前掛をかけている。

みていると、赤い鳥居の中まで入って行って丹念に落葉をかき出していた。

「若先生……」

天真寺のほうから仙五郎の声が聞えた。東吾の指図で昨夜、市太郎夫婦と一緒に天真寺へ泊ったものである。

「随分とお早うございましたね」

「親分は不寝《ねず》の番だったろう」

昨夜、それとなく太左衛門家を見張っていたものである。

「別段と変ったことはありませんでしたが、家の中からは一晩中、物音がしていました。なにか、こう、ものを片付けるか、探しものでもしているような按配でして……」

老女が稲荷社から出て来たので、仙五郎が挨拶をした。

「お源さんか、早いねえ」

お源と呼ばれた老女が歯の抜けた口で笑った。

「年をとると、朝寝が出来なくてね」

仙五郎が東吾に教えた。

「暮まで太左衛門さんのところに奉公していたお源さんで……そこの門前町で悴夫婦が菓子屋をしています」

東吾がほうという目をした。

「ちょっと、話をしてもいいか」

仙五郎が東吾をお源に引き合せ、老女は慌てて前掛と手拭をはずした。

「どのくらい、太左衛門の家へ奉公していたのかな」

「前のお内儀さんの時からで、ざっと二十年でございます」

その頃、亭主に死別して女中奉公に入った。

「前のお内儀さんの時は住み込みでしたが、今のお内儀さんになって、通いでいいといわれまして……」

悴の家がつい近くだから、通い奉公でも支障はなかった。

「今の内儀さん、お松の父親ってのが、ついこの前、死んだだろう」

川崎のほうに住んでいて辻斬りに遭った。遺骸は太左衛門のほうで引き取って天真寺で法事を行った。

「へえ、そういう話は聞きました」

「あんたが奉公している間に、お松の父親が訪ねて来たことがあっただろうな」

いいえ、という返事であった。

「一度も会ったことはないです」

少くとも、お松が太左衛門の後妻になってから六年が過ぎている。

「では、お松が父親に会うために川崎へ出かけて行ったことは……」

「そんな話は全く聞いたことがねえですよ」

「お松が女中奉公に来たのは……」

「前のお内儀さんが歿る半年前くらいで……」

「桂庵《けいあん》から来たのか」

いわゆる女中の紹介所である。

「旦那が、知り合いの娘だといいなすって連れて来たです」

「では、太左衛門のところに、始終、出入りをしていた男はなかったか」

「昼間は、なかったですよ」

「なに……」

お源が複雑な表情をした。

「大事なことだ。かまわないから、なんでもいってくれ」

東吾にうながされて、お源は稲荷社のほうをふりむいた。

「夜、あそこから人が入って行くのをみかけたことがあるでね」

「お稲荷さんからか」

お源が先に小さな赤い鳥居をくぐり、東吾と仙五郎があとに続いた。

鳥居の正面に、これも小さなお稲荷さんの祠がある。江戸に数多くある稲荷社と同じで、勿論、社務所のようなものもなにもない。

祠とその周囲を合せて三坪少々の広さであった。お源が毎日、掃除をしているとかで、まことにきれいであった。

祠の後側に三、四本の雑木がある。その奥が塀で、太左衛門家との境であった。

「もともと、このお稲荷さんは太左衛門さんの地所にあったもんだそうですよ」

ちょっとみたところではわからないが、塀の下のほうに人が出入り出来るほどの戸が出来ている。

「前のお内儀さんはここから出入りして午《うま》の日には必ず油あげをお供えしていたもんだでねえ」

「ここを入ると、太左衛門家の庭か」

「へい」

塀のむこうに大きな欅《けやき》の木があった。

葉は大方が散り尽しているが、秋からこっちは、太左衛門家の庭も、こっち側の稲荷社のほうも、落葉が堆《うずたか》く積るとお源はいった。

「ここの掃除も、昨年の暮に暇を取るまでは、むこうの庭掃除も、わたしがしていたでね」

お源がなにをいおうとしているのか、東吾は気がついた。

「つまり、夜中にここから太左衛門家へ出入りした者があれば、掃除をするお前にわかるってことだな」

「はあ、霜柱や落葉が踏まれていたら、すぐ、わかることでございますよ」

「男が、ここから入るのをみたといったな」

「そりゃあ一度きりで、昨年、倅の嫁が夜中に産気づいて倅が産婆さんを呼びに行って、まだか、まだかと外へ出てみていたら、ここへ、男が一人入って行って、それっきり出て来ねえで……翌朝、思いついて、ここをみたら、えらいこと踏み荒されて居って……」

「一人の足跡じゃなかったんだな」

「一人が通ったくらいじゃあ、ああはならねえです」

「お前が、そういう状態をみたのは、いつ頃からか」

「お松さんが後妻に来て、市太郎さん夫婦が広尾へ行きなすってからだ。その前はお内儀さんが午の日の朝、行き来なさるだけで……」

「ここを人が通ったのは、月に何回ぐらいだったと思う」

「さあ……」

お源が首をひねった。

「十日に一度ぐれえのこともあったし、もっと多かったことも……」

「今年になってからは……」

「七草すぎから、けっこう霜柱がぐしゃぐしゃになっていたがね」

東吾が財布から小粒を出して紙にくるんだ。

「いいことを教えてくれた。ただ、そいつを暫《しばら》く、誰にもいわないでくれ」

「わしは、よけいなことはいわねえ、それで六十年、生きて来たでね」

朝陽がさして来て、東吾と仙五郎は急いで天真寺の門を入った。

その日の太左衛門の野辺送りには、お松が了解したということで、市太郎夫婦も参列した。

すべてが終って、お松や忠三郎のいる前で仙五郎がいった。

「こいつはお上からのお達しだが、なんといっても市太郎はこの家の跡継ぎだ。明日からは夫婦でこっちへ移るように。それからお松と直吉の面倒は、市太郎がちゃんとみるようにしてもらいたい」

市太郎夫婦には、いろいろと話しておきたいことがあるから、広尾の家へ帰る前に、これから飯倉の仙五郎の家へ寄って行ってくれといい渡した。

仙五郎のいい方が、いつもの彼らしくもなく高飛車なので、町役人もお松や忠三郎も、なにもいえないで頭を下げた。

そして、その夜、まさに草木も眠るという丑《うし》の刻（午前二時）すぎに、黒い影が二つ、広尾町の市太郎の家を窺《うかが》った。

あらかじめ、戸に細工でもしてあったのか、音もなく引き戸を開けると、二人が匕首を抜いて市太郎夫婦の寝間へ入る。手探りで寝具をめくったとたんに、部屋のすみから哄笑《こうしょう》が起った。

「お前ら、やっぱり来たんだな」

土間に提灯が入って来た。二つ、三つ。

その光で、部屋のすみにいる東吾の姿が浮び上った。

「畜生」

黒い影の一つが東吾へ匕首をひらめかしたが、あっという間に叩き落され、心張棒《しんばりぼう》でなぐりつけられた。

もう一人は女だてらに荒れまくったが、仙五郎と下っ引が二人がかりでお縄にした。

五

「それじゃ、お松と忠三郎が盗っ人だったんですか」

一件落着して間もなく「かわせみ」の午下《ひるさが》り。

東吾を囲んで「かわせみ」の面々が捕物話に夢中になっている。

「他に、もう二人、太左衛門とお松の父親で侍くずれの梅本久蔵という男だ」

「太左衛門って人までが、盗賊だったんですか」

るいが年下の亭主の顔を惚《ほ》れ惚《ぼ》れと眺めながら話を誘導する。

「太左衛門は若い時、賭事に凝って勘当されたことがあった。その頃、落ちるところまで落ちたんだろうな」

悪い仲間と盗っ人を働いていたが、たまたま、その仲間の殆どが捕まったのをきっかけに、盗み貯めた金を持って江戸へ帰り、父親に詫びを入れて、まともになった。

「昔のことは忘れた時分に、生き残りの二人の仲間が江戸へやって来た」

梅本久蔵と忠三郎で、久蔵はまず、太左衛門が外出した折に声をかけ、脅して娘のお松を女中として住み込ませ、更に、忠三郎も送り込んだ。

「太左衛門としては、もう、どうしようもない。せめて悴夫婦だけは巻き添えにしたくないと別居させ、家にも顔出しをさせないようにしたんだ」

嘉助が膝を進めた。

「そうしますと、若先生が霧の夜に盗賊と出くわした、あの時に殺されていたのが梅本久蔵で、殺したのは太左衛門ということになりますな」

「その通りだ」

太左衛門は昔と違って、いやいやながら盗賊を働いていたもので、殊に忠三郎とお松の仲が怪訝しいと気がついてからは、折をみて三人を殺害してしまうことを考えていた。

「それが、あの霧の夜だったんだ」

東吾と梅本久蔵が抜き合せたのをみて、これは久蔵が東吾に殺《や》られたとごま化すことが出来ると思い、忠三郎とお松を先へやって、自分は久蔵を待っていて突き殺した。

「お松にしてみれば、父親が死んで無縁仏になるのは我慢が出来ない、で、死体を盗み出させて、川崎で父親が死んだということにして天真寺へ葬ってもらった」

ところが、仙五郎が町役人に、あの夜、東吾も方斎も人を斬っていないと話したのが、忠三郎の耳に入り、お松も知った。

「二人は、太左衛門を疑い出したんだ」

お吉が口をはさんだ。

「そうしますと、市太郎さんが川へ落されたり、家に火をつけられたのは……」

「お松と忠三郎が、太左衛門に嫌がらせをはじめたんだ。同時に市太郎を始末してしまおうとも考えたんだろう」

太左衛門のほうも、それがわかって二人を消す機会をねらっていたが、

「一足先に忠三郎とお松が太左衛門を殺してしまったというわけさ」

いささか憮然として東吾は冷えた酒を飲む。

「なんで、お松は市太郎を家へ入れなかったんですかね」

下手をすれば、世間から疑いの目でみられかねない。

「あいつら、金探しをやってたんだ」

東吾が笑った。

「太左衛門が盗んだ金を或る所にかくしていた。二人とも、その場所を倉の金箱と思っていたのだが、殺してから開けてみたら一文も入っていなかった」

市太郎夫婦が家へ帰って、金をみつけられたら、或いは金探しの邪魔になる、と二つの理由で、お松が咄嗟《とっさ》に遺言などといい出したが、お上に通用しない。

「仙五郎がああいえば、おそらく二人は市太郎夫婦を殺しに来るんじゃないかと思ったら、その通りになった」

市太郎夫婦が仙五郎の家へ行ったあと、広尾の家へ張り込ましておいた下っ引が、忠三郎が来て、戸に細工をして行ったと知らせて来たので、間違いなかろうと、東吾が市太郎の家で待っていた。

「あんまり単純なので、拍子《ひょうし》抜けがしたよ」

「お金はみつかったんですか」

とお吉。

「あったよ、但し、全部、お上が没収した。市太郎は本村町の家をお上に渡し、豆腐屋をやって行くそうだ」

せめて父親の罪ほろぼしをしたいと申し出た。

「ですから、お金はどこに……」

「あててみろよ」

るいが悪戯っぽくいった。

「案外、お稲荷さんの祠の下かなんかに……」

東吾が恋女房の頬を軽く突いた。

「やっぱり、うちの内儀さんは勘がいいな」

顔を寄せて笑い合っている二人を眺めて、お吉と嘉助がそっと部屋を出て行く。

障子にさしていた西陽が、ゆっくりとかげった。

お松と忠三郎が処刑されて後、直吉は少々の金をつけて房州のほうへ里子にやられたが、翌年、関東一円にコロリが流行した折、罹病《りびょう》して死んだという。

太左衛門の家はとりこわされたが、明治になるまで空地で、その真ん中にお稲荷さんの祠が移されていたらしい。

梅《うめ》の咲《さ》く日《ひ》

一

もう何日かで天神祭という日に、るいとお吉が亀戸《かめいど》の天満宮へ出かけたのは、深川の長助の孫息子の書初めを見るためであった。

長助の悴《せがれ》は長太郎といって、深川の蕎麦屋長寿庵は、お上のお手先としてとび廻っている父親に代って母親と女房のおはつと一緒に彼がきり廻している。

その長太郎には二人の子がいて、下の男の子は、東吾が名付け親であった。

そのちびが五歳になって近所の寺子屋へ通っていたのだが、この正月の書初めがよく書けているというので、他の子供達のと一緒に天満宮の絵馬堂に張り出された。

「二十日から二十五日までってことでございまして……」

長助が人のいい顔をゆるみっぱなしにさせて大川端の「かわせみ」へ知らせに来たの

は、孫自慢もさることながら、暮に長寿庵へ寄った東吾が、たまたま、書初めの稽古をしている長吉をみて、筆の持ち方やら、字くばりやら、熱心に面倒をみたからである。

「寺子屋の先生じゃ、なかなか、そこまでは教えて下さいませんので、長吉の書初めがよく出来ましたのは、偏《ひとえ》に若先生のおかげでございます」

と嬉しそうに告げていったので、るいは早速、東吾にそのことを話して一緒に見に行こうと誘ったのだが、どちらかといえば、まめな性分で腰も軽い筈《はず》の東吾が、言を左右にして埒《らち》があかない。

照れていらっしゃる、と、るいは気がついた。

東吾は子供好きであった。

子供のほうも、東吾によくなつく。

狸穴《まみあな》の方月館にいる正吉《しょうきち》は、東吾を実の父親のように慕っているし、畝源三郎の悴の源太郎《げんたろう》も、父親よりも東吾に親しんでいる。

この正月も、源太郎は東吾に作ってもらった凧《たこ》を一緒にあげていたし、独楽《こま》を廻すのも東吾に教えてもらっていた。

「源さんときたら、ぶきっちょでさ、あいつの凧はいつだって風にのらないし、独楽はぶっこわしちまうし……源太郎が似ないでよかったよ」

などと、東吾が憎まれ口を叩きながら、それとなく源太郎の自慢をしているのは、るいも知っている。

そんな東吾だから、長寿庵でも、さぞかし夢中になって長吉に手習を教えたのだろうし、長助が祖父《じじ》馬鹿丸出しで喜ぶのもよくわかる。

が、子供のない東吾としては、あからさまにそういわれると、いささか、るいの手前もあって、いつものように、

「よし、見に行こう」

とはいいにくかったのかも知れないと思い、るいはお吉を誘って「かわせみ」を出た。

今年は元旦から天気が悪くて、寒い冬であった。

「ひょっとすると、梅屋敷の梅が咲きはじめているかも知れませんね」

道々、お吉が気の早いことをいったが、天満宮の境内の梅は、まだ蕾《つぼみ》が固そうにみえた。

普通、ここらの梅は立春から二十七、八日目ぐらいが見頃といわれている。

「怪訝《おか》しいですねえ、ぼつぼつ咲いてもよさそうなものだのに……」

梅屋敷のほうはどんなものか帰りに寄ってみましょうというお吉にうなずき、まず本殿へ進んでお詣《まい》りをすませる。

ここの境内は広くて、およそ二千八百余坪、広重が江戸百景に描いた反橋《そりばし》の近くには茶店もあって参詣人が一服している。

絵馬堂は神楽殿の近くにあった。

墨痕鮮やかとまではいかないが、各々が力一杯書いた書初めが、ずらりと並んでいる。

「ありましたよ、これですよ」

お吉がけたたましく叫び、るいを呼んだ。

正月、と威勢のいい文字が紙からはみ出そうであった。ちょうきち、と仮名で名前を書いたのが愛らしい。

「たいしたものですねえ。とても五つの子の書いたもんじゃありませんよ。うちの若先生はよくよく教えるのがお上手だから……」

お吉がるいの顔色を窺いながら賞めるのは、お腹の中で、本当なら、うちのお嬢さんにも、このくらいの坊ちゃんがいていい筈なのに、と、いささか口惜《くや》しく思うせいであった。

「本当によく書けていて……帰りに深川へ寄って長吉ちゃんに御褒美をあげましょう」

絵馬堂を出て境内を戻って来ると、梅の木かげに縁台を二つばかりおいて、そこに七、八人もの老人達が日向ぼっこをしているのに出会った。

そこはまことに具合のいい日だまりであった。

絵馬堂が風よけになっていて、南からの陽がよく当っている。老人達は三々五々、集って世間話をしていたり、或いはぼんやり梅の梢《こずえ》を眺めたりしている。

「これは、お珍しい、庄司様のお嬢さんではございませんか」

一人が急に立ち上って、るいに声をかけた。

天満宮の門前には酒や食べ物を売る店が軒を並べているが、その中でも、巴《ともえ》屋、玉屋、さくら屋の三軒は会席料理を出す立派な店がまえで知られていた。

るいに近づいたのは、さくら屋の主人の金兵衛で、この人はるいの父親が生前、昵懇《じっこん》にしていた関係で、今でも盆暮には必ず「かわせみ」へ挨拶にやって来る。

従って、るいが東吾と夫婦になったのもよく知っている筈だが、そこは昔なじみで、つい、庄司様のお嬢さん、と呼んでしまう。

「お詣りでございますか」

と訊《き》かれて、るいは絵馬堂の書初めの話をした。

「皆さんは、発句《ほっく》の集りかなんかで……」

傍からお吉が金兵衛にいった。見たところ裕福そうな年寄りばかりである。

「いえ、そういうわけではございませんが」

いってみれば、日向ぼっこの仲間だと金兵衛が笑った。

「御承知のように、手前は昨年、家業を悴夫婦にゆずりまして隠居の身分になりました」

かねがね、六十になったらと決めていたことで、

「肩の荷を下して、ほっとしたまではよろしゅうございますが、さて、時間をもて余しまして……」

隠居所で日がな一日、居ねむりをしていたのでは、夜になって目が冴えてしまう。

「といって、隠居した者が店へ顔を出せば、若い者の邪魔になり、悴のためにもよかろ

う筈がございません」

勝負事は嫌いなので、碁も将棋もやらない。

これといって趣味もない。

「家内は、長唄をやって居りまして、そちらの仲間も多うございますし、よく芝居見物にも出かけ、けっこう楽しくやって居りますが、手前は、どうも、そういうのも好きませんで……」

今更、こむずかしい稽古事をする気にもなれず、近いことなので、よく天満宮の境内を散歩がてらうろうろしている。

「気がつきましたのは、けっこう同じような年寄りが居りまして……最初は茶店で話をしたりして居たのでございますが、あそこは長居ができません。それで、この日だまりに縁台などを運んで来まして、日向ぼっこをすることに致しました」

誰でも好きな時にやってきて、好きなだけすわり込んでいられる。

「気がむけば世間話を致しますし、話に加わらず、ぼんやりしていても誰も気に致しません。いつの間にか、あっちこっちから用なしの隠居が集るようになりまして……」

中門のほうから鳶頭《とびがしら》がやって来て金兵衛に話しかけたのをきっかけに、るいは挨拶をして、そこから離れた。老人の長話はいつ果てるかわからない。

「いい御身分ですよねえ。することがないなんて。でもまあ、お気の毒みたいだ」

反橋のところまで行ってから、お吉がそっと憎まれ口を叩いて日だまりのほうをふり

返ったのだが、

「あれまあ、うちのお客さんまで……」

と目を丸くした。

「お嬢さん、あそこの縁台に腰をかけてるのは、うちの梅の間のお客さんですよ。清水からお出《い》でになった孫八さん……」

たしかに、お吉のいう通りで、五日ほど前から「かわせみ」に滞在している老人が、つくねんとすわって池のほうを眺めている。

「お詣りにでも来たんでしょうかね」

お吉は傍へ行って声をかけたそうにしたが、るいは首を振って止めた。

長年、宿屋稼業をして来て、客の私事にはなるべくかかわらないほうがいいと考えている。

「行きましょう。お吉」

天満宮の門前は軒並み食べ物屋で、若い女が赤い前掛をかけて客を呼んでいる。

天神橋のほうへは行かず、亀戸町を抜け、天満宮の裏塀沿いに行くと梅屋敷であった。

八代将軍吉宗が秘蔵の梅をここにあずけたというのが、名物の臥竜梅《がりょうばい》で、たしかに古木が庭に這《は》うような形で、竜がうずくまっているのによく似ている。

もっとも、梅はそれ一本だけではなくて、ここの主人の喜左衛門というのが年々、植えて、今では一面の梅林になっていた。

けれども、こちらもまだ花が咲いているのは一本もないようであった。

「せっかく来たのですからせめて梅干でも買って帰りましょう」

残念そうなお吉をなだめ、小さな壺に入った梅干を買って、るいは大川端へ帰った。

二

翌日、前夜、講武所の連中と神田へくり出していささか飲みすぎた東吾が、宿酔《ふつかよい》というほどでもないが、るいが買って来たばかりの梅干を熱い番茶に入れてくれたのを所在なげにすすっていると、お吉が炭籠を持って入って来た。

東吾の半衿《はんえり》をかけかえているるいをちらとみて、

「あのう、番頭さんはよけいなお世話だから、放っておけというんですけどね」

不満そうな顔で訴える。

「なんだ、いってみろよ」

東吾にいわれて、待っていましたとばかり話し出した。

「梅の間のご隠居さん、孫八さんのことなんです」

昨日、るいのお供をして亀戸天神へ出かけた時、境内で姿をみかけたので、昨夜、晩飯の給仕に行った時、そのことをいった。

「お詣りでしたかっていったら、なんとなく口を濁しているんですよ。別に根掘り葉掘り訊いたわけじゃありませんけど、あの辺りは三十年前と、それほど変らないなんていうもんですから、そんなに昔を御存じですかって水を向けたら、その頃、江戸にいたって……」

「孫八とかいう隠居はどこの在なんだ」

「宿帳には、清水って書いてあります」

「商売は……」

「隠居ってことですから……」

「江戸に出て来たのは」

「番頭さんには知り合いを訪ねて来て、ついでに江戸見物をして帰るって……お帳場にはかなりのお金があずけてあるみたいです」

また、ちらりとるいを見る。

るいが針の手を止めた。

「あんまり、お客様のことを詮索しないようにといっているでしょう」

「すみません」

神妙に頭を下げたが、口のほうは勝手に先へ進んで、

「あの御隠居さん、もう三日も亀戸天神へ通っているんですよ」

話を中途でやめる気はさらさらない。

「なにか心願の筋があるのか」

「悴さんの顔を見に行っているんです」

「なに……」

「お嫁さんと、二人の孫の顔も、よそながら眺めて来たって……」

その時、廊下に足音がした。

「若先生、おくつろぎのところを申しわけございませんが、梅の間のお客様が、折入ってお願い申したいことがおありだとか、只今、帳場のほうに来てお出でなのでございますが」

番頭の嘉助が遠慮がちに取り次いで来た。

るいがお吉を眺め、お吉が亀のように首を縮める。東吾は、つい、笑い出した。

「かまわないから、こっちへ来てもらってくれ。店も暇なようだから、みんなで話を聞くといい」

やがて、嘉助が案内して来たのは、五十六、七になるのだろうか、どこかにまだ精悍《せいかん》の気配を残している初老の男であった。物腰は丁寧で、穏やかな言葉遣いには殆ど訛《なま》りがない。

「実は、三十年ぶりに思い切って江戸へ出て参りましたものの、どうしてよいやら、ほとほと思案に暮れて居りまして……」

うつむいた横顔の皺《しわ》が深かった。

「亀戸天神の近くに、悴がいるそうだが……」

「門前で、それはそれは小さな店ではございますが、一膳飯屋のようなのを夫婦でやって居ります」

「悴はいくつになる」

「今年、三十一になる筈で……」

「すると、あんたと別れた時は赤ん坊だな」

「はい、乳呑児《ちのみご》でございました」

「わけを話してみないか。ここに居る者はみな口が固い。力になれるかどうかはわからないが……」

「ありがとう存じます。どうぞ、お聞き下さいまし」

三十年前、自分は板前だったといった。

「孫八と申しますのは、清水へ行ってからの名前で、親からもらいましたのは徳兵衛でございます」

生まれたのは行徳《ぎょうとく》のほうだったが、知り合いが江戸にいて、それをたよって江戸で板前の修業をした。

「今は、もうございませんが、深川猿江町の小料理屋で働いて居りまして、そこの女中のおはまというのと夫婦になりました」

亀戸町に小さな所帯を持って赤ん坊も生まれたのだが、

「お恥かしいことですが、ちょいとしたはずみで岡場所の女と馴染みまして、ずるずるとのっぴきならないところまで行ってしまいました」

若気のいたりだが、結局、手に手を取って江戸を逃げ出す破目になったという。

「それじゃ、お内儀《かみ》さんや赤ちゃんを捨てて行ったんですか」

お吉があきれ返ったような声を出した。

「全く、面目次第もございません。今、思うと魔がさしたとしか……」

体をすくめるようにして頭を垂れている徳兵衛は、どうみても好々爺《こうこうや》であった。

妻子を捨てて、女と夜逃げをした過去を持つ男にはみえない。

「それで、清水に行ったのか」

東吾がそれまでと変らない調子で訊ね、徳兵衛が気を取り直したように続けた。

「最初は小田原で二年ばかり、それから人に誘われて清水へ移りまして、十年ほど後にはまがりなりにも自分の店を持つようになりました」

「江戸へは、一度も戻らなかったのか」

「気にはして居りましたが、女房がきびしく見張って居りまして……それに、おはまと徳松がどうなっているのか、無事か、さもなければ、誰かと夫婦になっているのではないかと……どちらにしても怖《おそ》ろしくて、とても様子を見に行く気にもなれませんで……」

「それなのに、何故、江戸へ来た」

「女房が昨年、歿《なくな》りました。手前も大病を致しまして、なんとか回復はしましたが、気力がなくなり、店を人にゆずりました」

少々、まとまった金が出来た。

「今更、名乗って出ようとは思いません。せめて、金を二人の孫に残してやりたい。それには、どうしたらよいのか、もし、おすがり出来るものなら、なんとかお力をお貸し下さいまし」

「孫達と一緒に暮す気はないのか」

「無理でございます。悴は手前を怨んで居りましょう」

おそらく顔も憶えていない父親のことである。母親が徳松に自分達を捨てて去った男をどんなふうに話しているか。

「わかった。とにかく、徳松のほうをそれとなく調べてみよう」

徳兵衛を部屋へ引き取らせて、東吾は身仕度をした。

「ちょっと、長助のところへ行って来る」

すっかり春らしくなった大川のふちを永代橋へ急ぎ足で向った。

その、うしろ姿を見送って、

「本当にもう、なにかというと藪《やぶ》を突ついて蛇を出すのだから……」

おかんむりになったるいの顔を見て、お吉はあたふたと台所へ逃げて行く。

いい具合に、長助は店にいた。

「亀戸のことでしたら、あの辺りの名主は勝田次郎助と申しまして、まだ、ちょっと若うございますから、三十年前のことがわかりますかどうかですが、ともかく、お供を致します」

深川から小名木川沿いに大島橋の袂《たもと》まで行って、今度は横十間川に沿って北へ向う。竪川《たてかわ》へ出たところで、長助が頭へ手をやった。

「こいつはうっかりして、あともどりをすることになりました」

横十間川と竪川が交差するところには橋がなかった。

そんなことは百も承知の長助だったが、つい、孫息子の話がはずんでいて、大島橋まで行ってしまったものだ。

「ここに橋がありゃあ、天神橋まですぐなんでございますがね」

「戻るといったって、目と鼻の先だよ」

笑いながら竪川の岸を行くと四ツ目之橋がある。渡った道が四ツ目通りで、とばくちは町屋だが、すぐ大名家の下屋敷が続き、その先は田畑が目立つ。

柳島町の角を右に折れると、やがて天神橋であった。これは横十間川に架《かか》っているので、たしかに、竪川のところに橋がありさえすれば、大島橋から一本道で来られる。

名主の勝田次郎助の家は、天神橋を渡ったところにあった。

三、四年前に父親が歿って跡を継いだもので、まだ四十のなかばである。

「天神様の門前に店を出して居ります徳松でございましたら、よく存じて居ります」

父親は大工で源造といい、母親はおはま、家は亀戸町にあったが、

「もう六、七年も以前になりますか、徳松がお千代と夫婦になって門前に店を借りて一人立ち致しまして、源造とおはまも続いて歿りました」

亀戸の家は無論、借家なので、そこには今、別の者が入っている。

「その大工の源造というのは、徳松の本当の父親なのか」

さりげなく東吾が訊き、

「手前はよく存じませんが、徳松夫婦につきましては巴屋庄右衛門がなにかと面倒をみて居りますので、巴屋ならば知っているのではないかと……」

次郎助の返事であった。

巴屋は天満宮の門前の料理屋の中では一番、格も高く、店も立派である。

主人の庄右衛門は六十を過ぎていたが、矍鑠《かくしゃく》としていた。

「徳松の父親は源造ではございません。おはまの最初の亭主が急に行方知れずになりまして、なにしろ乳呑児を抱えて居ります。町内でも、なにかと面倒をみていたのですが、そういつまでも他人の厄介にもなれず、たまたま、近所に女房が死んでやもめになった源造が居りまして、手前の父親などが世話して夫婦に致しました」

「おはまの最初の亭主は行方知れずになったのか」

「はい、或る日、不意に出かけたきり帰って来なかったと聞いて居ります」

「女が出来て、かけおちしたんじゃないのか」

「或いは、そういうことかも知れませんが、三十年もむかしのことで……」

肝腎《かんじん》のおはまもすでにあの世へ旅立ってしまっている。

「徳松は板前になったのか」

「はい。十三の時から手前どもへ奉公に来て居りまして、正直な働き者でございますから、みんなに可愛がられまして……」

ちょうど、門前で小さな店をやっていたのがやめて故郷へ帰ることになった。

「ゆずってもいいという話を、うちの板前が聞いて参りまして、ちょうど、徳松は、うちの板前の遠縁に当る娘と夫婦になることが決って居りましたので、手前も祝いのつもりで少々の金を融通してやりまして……」

それが五年前のこと。今では借金も返し、奉公人も一人おいて、なかなか繁昌しているといった。

「徳松から、本当の父親の話を聞いたことはないか」

「ございません。ただ、おはまさんの話ですと、板前で深川のほうの料理屋で働いていたが、急に行方をくらましてしまったそうで。まあ、板前と申しますのは、庖丁一本どこへ行っても食べて行くくらいのことは出来ますので、若い中《うち》はけっこう気儘《きまま》な暮しをする者も居りますようで……」

おはまに飽きたのか、どこからかいい話があって、鞍《くら》がえして行ったのか、なんにしても無責任な話だと庄右衛門は眉をしかめている。

巴屋を出て、東吾は長助と天満宮の大鳥居へ向って歩いた。

庄右衛門が教えてくれた徳松の店は小さかった。

小料理屋というよりも茶店といった感じで風よけの葭簀《よしず》が廻《めぐ》らしてある。

その奥から味噌汁の匂いがしていた。

布看板に、亀戸名物、蜆汁《しじみじる》、と書いたのが下っている。壁の張り紙は梅飯、団子、葛《くず》餅《もち》。

「旨《うま》そうだな」

東吾がちょっと笑って長助をうながし、店の床几《しょうぎ》に腰を下した。

「蜆汁と梅飯を二つ、くれないか」

声をかけると、奥で働いていた若い男が自分で茶を運んで来た。

「少々、お待ち下さいまし」

煙草盆を長助の近くにおいて、板場へ去った。

「この辺の蜆は業平橋《なりひらばし》の下あたりで獲れるんだそうで、業平蜆と申します」

味は悪くないと長助がいった通り、やがて素朴な椀にたっぷりの蜆汁は味噌の香と蜆の味がうまく混り合って、空《すき》っ腹《ぱら》にこの上もない。

梅飯というのは、梅干と紫蘇《しそ》漬《づけ》を刻んだのに鰹節と煎《い》り胡麻をまぜ、それを熱い飯にまぶして、上から海苔を散らしたもので、こちらも、なかなか旨い。

「あんたが、この店の主人か」

先刻の若い男が土瓶に熱い茶をいれて持って来たので、東吾は箸《はし》を止めて訊いた。

「徳松と申しますが……」

「亀戸で、こんな旨いものが食えるとは思わなかったよ」

東吾の笑顔に、ほっとしたように頭を下げた。

「ありがとう存じます」

店にどやどやと客が入って来て、東吾は早口になった。

「実は、あんたの父親のことで話があるんだ。といっても心配なことじゃない。店が終ってからでいいから、深川の長寿庵へ来てくれないか。長助親分が、あんたに話をするから……」

梅飯と蜆汁の代金の他に余分の心づけをおいて東吾が立ち上ると、赤ん坊を背負った若い女が心配そうにこっちをみている。おそらく、それが徳松の女房のお千代だろうと東吾は見当をつけた。

ここまできたついでだからと、天満宮へ寄って、長吉の書初めをみて、深川までまたひとしきり、長助の孫自慢をいやな顔もせず聞いて、東吾は大川端へ帰った。

三

長助が「かわせみ」へやって来たのは、明日が天神祭という夕方で、

「徳松と随分、話を致しましたんですが……」

浮かない顔で頭を下げた。

「あいつが申しますには、たしかに自分の本当の父親が徳兵衛という者だということは、母親から聞いて知っているが、その男は自分達、母子を捨てて去った。自分は顔も知ら

ない。長年、父親と思って暮してきたのは死んだ源造で、今更、別の人間が父親だといってきても、その気になれないし、そんな人間から、金をもらうつもりもない、と、こういい張りまして……」

長助は巴屋庄右衛門にも事情を打ちあけて、せめて、対面だけでもしたら、と説得してもらったが、徳松はなんとしても会いたくないと強情を張っているという。

「そりゃそうですよ。赤ん坊の時、自分とおっ母さんを捨てて行ったような男に、今更、会いたくないってのが人情です」

お吉がいい、るいも、

「徳兵衛さんにはお気の毒かも知れませんが、お金で、三十年前の不人情を勘弁してくれというのは、虫がよすぎるんじゃありませんか」

断る徳松の気持が当り前だと、むしろ、徳兵衛を非難する。

「どうも、あっしの言い方が、まずかったのかも知れません」

長助が、ぼんのくぼに手をやり、東吾が制した。

「いや、親分のせいじゃない。誰が話しても同じだったろう」

改めて、東吾が徳兵衛に、その結果を話した。

「二、三日したら、清水へ帰るといったよ。まあ、むこうには知り合いも多いのだろうし、金もある。老後を養うには不自由はあるまい」

寝物語に、東吾はるいに報告した。

翌日、畝源三郎の妻のお千絵《ちえ》が悴の源太郎とやって来た。

源太郎の学問上達の祈願に天神祭へ行くときき、東吾はるいに声をかけて、二人揃って一緒に亀戸へ行くことにした。

一つには、こんな日でも町廻りに出ている源三郎に代って、源太郎について行ってやりたいと思ったのと、もう一つは、徳松の店の梅飯と蜆汁を女達に食べさせてやろうと考えたからである。

ここ数日、上天気が続いて、気温が上り、亀戸天神の梅は蕾《つぼみ》が大きくふくらんで、南向きの枝には二、三輪、花が咲きはじめていて、その下に立つと馥郁《ふくいく》と香がただよって来る。

東吾達が境内へ入って行くと、絵馬堂のところから長吉が走って来た。

寺子屋の師匠につれられて、仲間の子供達とお詣りに来たという。

「ちょうどよかった。ちょっと待て」

社務所で木彫の鷽《うそ》を売っている。

お千絵が源太郎のために一つ買い、東吾はるいにいって、もう一つを買わせた。それを長吉にもたせる。

「さあ、二人で取りかえるんだ」

鷽替の神事といって、昨年買った古いのを新しいのと取り替える者もいるが、正しくは新しく買ったものを、参詣人同士が取り替えるので、吉を招くといわれている。

源太郎と長吉が神妙におたがいの鷽を取り替え、長吉は嬉しそうに寺子屋仲間のほうへ戻って行った。

境内では、あちこちで、鷽の取り替えをしている人々がいる。

徳松の店は混んでいたが、なんとか席があいて東吾は女達をすわらせ、蜆汁と梅飯、源太郎には団子を註文した。

ふと、気がつくと店のすみのほうに徳兵衛がいた。東吾と視線が合うと、さりげなく目を伏せ、こちらに背を向けた。

他《よそ》ながら我が子の店を見、別れを告げて行く心算《つもり》なのだとわかって、東吾も知らぬ顔をし、るいにも、なにもいうなと目まぜをした。

徳松は自分で註文の品々を運んで来た。

「先日は御厄介をおかけ致しました」

低く、礼をいった。

「折角のお志を無にしてまことに申しわけございませんが、母でも生きて居りましたなら、また、思案のしようもあったかと存じます。でも、母も歿りました今、手前と、徳兵衛というお方との縁は切れて居ります。切れた縁をつなぐ気持はございません。どうぞ、左様にお伝え下さいまし」

徳松は、徳兵衛の顔を知らず、彼がこの店に来ているのに気がつかないでいったことだが、狭い店のことで、こちらに背をむけている徳兵衛には、徳松の言葉が聞えた筈であった。

　東吾はうなずいた。

「先方も、あんたの気持はわかっているさ、清水へ帰って余生を送るといっていたよ」

「くれぐれも達者で、と、お伝えを……」

「ああ、そういっとくよ」

　蜆汁と梅飯を食べて、東吾が腰を上げた時、徳兵衛の姿はもう消えていた。

　その夜、五ツ（午後八時）前に、畝源三郎が「かわせみ」へやって来た。

　昼間、源太郎と天神祭へ行ったことへ、礼でもいいに来たのかと東吾は思ったが、そうではなくて、

「御用の筋です」

　お手先の吉之助というのを連れている。

「この間中から、二人組の賊を追っていまして、漸《よう》く一人を捕えました」

　捕えたほうは助八といい、逃げられたのは辰蔵。

「逃がしたほうが大魚なのです」

　その辰蔵の姿を、今日、亀戸天神の近くでお手先がみつけた。

「ここにいる吉之助と新七というのですが、辰蔵は人ごみの中で男に声をかけ、ちょっと立ち話をしてすぐに別れたそうです。で、新七が辰蔵を尾《つ》け、吉之助が声をかけられた男のほうを尾けました」

なんと、その男の帰った先が「かわせみ」だったと報告を受けて、源三郎はまっしぐらに奉行所から大川端へとんで来た。

「どんな風体だったんだ。そいつは……」

東吾が訊き、吉之助が答えた。

「年は五十のなかば、六十までは行って居りますまい、がっしりした体つきで、縞《しま》の着物にねずみ色の羽織を重ねて居りました」

「時刻は……」

「ここへ入って行った時に暮六ツ（午後六時）の鐘が聞えました」

嘉助がにじり出た。

「梅の間の……、徳兵衛では……」

「徳兵衛は、部屋にいるのか」

「今しがた、出かけて行きまして、そのことでちょっと気にして居りましたのですが……」

暮六ツの鐘の鳴る頃に帰って来て、間もなく、

「その先の酒屋の小僧がやって来まして、徳兵衛さんという客にことづけをたのまれたと申します」

で、女中に徳兵衛を呼びにやり、小僧に誰に使《つかい》を頼まれたのかと訊くと、見知らぬ男から駄賃をもらって、という。

「徳兵衛が参りますと、小僧は木彫の鷺を出しまして、さっき、取り替えるのを忘れたから渡してくれといわれたと申します」

「それだけか」

「はい、徳兵衛はそれを受け取って、小僧は帰りました」

「どこの誰からとも訊かなかったのだな」

「手前も少々、不審に思いましたが、当人が黙って部屋へひっ込みましたので……」

「徳兵衛が出かけたのは、今しがただといったな」

「提灯を貸してくれといいまして……どちらへお出かけかと訊きますと、ちょっと、人に会ってくると……」

東吾が源三郎をふりむいた。

「辰蔵を尾けた奴は、どうした」

「まだ、帰って参りません」

梅の間をみせて下さい、と源三郎がいい、男三人が二階へ上った。

行燈《あんどん》をつけてみると、部屋の中はきちんと片づいていて、手廻りの品なども机のまわりにおいたままである。

その机の上に、木彫の鷺が一個。

「これだな、小僧が持って来たのは……」

東吾が手に取って、平たい底のほうをひっくり返した。

そこに字が書いてあった。

　ぢぞうどうで五ツ

「地蔵堂で五ツ（午後八時）、か」

「どこの地蔵堂ですかね」

源三郎がいった時、あとから上って来た吉之助がいった。

「本所の五ツ目通りに、地蔵堂がありますが」

亀戸天神からそう遠くもないと聞いて、東吾が応じた。

「行ってみよう。源さん」

「毎度、御足労ですが……」

嘉助にあとを頼んで、東吾と源三郎と吉之助が永代橋を渡ると、むこうから長助と新七がやって来るのに出会った。

「あいすみません。越中島《えっちゅうじま》まで尾けたところで逃げられまして……」

長助に応援を頼んで深川を探し廻ったが、みつからない。

天神祭の雑踏で辰蔵と立ち話をした男が、例の徳兵衛だと聞いて長助が目を丸くした。

「まさか、盗っ人の知り合いじゃあ……」

源三郎の話だと、辰蔵というのは長年、江戸を荒し廻っている盗賊で、三十年くらい前に一度、お縄になり大島へ流《る》刑《けい》にされるところを流人舟から逃げ出し、江戸へ舞い戻って悪事を重ねて来た凶悪犯だという。

「三十年前っていうのが、ひっかかるな」

東吾が独り言をいい、五人が一かたまりになって本所の五ツ目通りへ走った。

五ツ目通りというのは、ちょうど天満宮の裏手、南東の方角に当り、道の両側は小梅村、柳島村と百姓地であった。

地蔵堂は間口四尺五寸、奥行が四尺ばかりの小さなもので、その中に五尺ほどの高さの石の地蔵尊が鎮座している。

あたりは深閑としていて、犬の鳴き声も聞えない。

時刻は、すでに五ツを廻っている。

「ここへ呼び出して、どこかへ行っちまったんでしょうか」

心細い声で吉之助がいった。

五人で手分けして、そのまわりを一巡してみたが、人っ子一人、通りもしない。

「五ツ目の地蔵堂と書いてありましたんで」

長助に訊かれて、東吾がかぶりを振った。

「いや、ただ、地蔵堂とだけなんだ」

「この先に、もう一つ、地蔵堂がございますが……」

深川の大島橋の傍だと長助にいわれて、東吾が思い出した。

「そういえば、いつか、一緒に歩いた横十間川沿いの」

徳兵衛が昔、働いていた料理屋は深川猿江町と聞いた。

「猿江町なら、大島橋の近くでございます」

わあっと、我先に走って走り続けて、猿江の御材木蔵の脇へ出る。

大島橋は、すぐそこという暗闇の中で男の争う声と、ぎゃあという悲鳴と……そして血の臭いが広がった。

四

江戸を荒し廻った凶賊、辰蔵は胸を突かれて、間もなく絶命した。

徳兵衛は肩先や腕を斬られていたが、いずれも重くはなかった。

三十年前、徳兵衛が働いていた猿江町の小料理屋というのは、辰蔵の色女がやっていた店であった。

「最初に辰蔵と知り合ったのは、賭場《とば》でございました。負けが混んでどうにもならなくなった時、仲間に誘われまして……」

その中に、ちょっとしたはずみで、辰蔵の女だったおくめと出来てしまった。

「もう、おはまと所帯を持って居りましたし、赤ん坊も生まれていて……なんとか、仲間を抜けようとはしていたんですが……」

ずるずると続いている中に、辰蔵がお召捕りになった。

「女が逃げようといいまして……もし、承知しなければ、お前も辰蔵の仲間だとお上に訴人する。そうなれば、女房子もただではすまないとおどされまして……」

一つにはおくめという女に惹《ひ》かれていたこともあって、いいなりに手に手を取って江戸を逃げ出した。

「それからは、もう悪事は致しませんでした。板前として働いて、おくめという女も根は悪くはなく、手前を助けてくれまして……」

清水で店を持ち、夫婦として暮した。

「後生でございます。手前はどのようなお仕置も受けます。徳松にだけは、手前の素性を知られたくございません」

悴夫婦にそれとなく別れを告げる気で、そっと店へ訪ねた今日、帰りに、ばったり辰蔵にみつかってしまった。

「あいつに呼び出されて……さし違えても、あいつを殺す決心でございました。あいつが生きていては、悴夫婦に難儀が及ぶ。自分の播《ま》いた種は自分で摘み取ろうと……」

道中差をかくし持って「かわせみ」を出かけた。

「心配するな。お前が殺した相手はお上が追っていた盗賊だったんだ。お上にだって慈悲はあるだろう」

東吾がいったように、数日後に下りたお裁きでは、徳兵衛は天神祭の帰りに辰蔵に襲われて金を盗られそうになっただけで、かけつけた源三郎や東吾が手向いする辰蔵を斬り捨て、徳兵衛を救ったものとされた。

すでに捕えられていた助八も処刑され、徳兵衛には、なんのおとがめもない。

「辰蔵にめぐり会いましたのは、捨てた子に未練を出した手前に、神仏が罰をお与えになったのでございましょう。二度と江戸には参りません。それが、我が子に出来る、たった一つの償いと存じます」

やつれた顔に涙を浮べ、東吾と源三郎に見送られて、徳兵衛が江戸を去って数日後、東吾が「かわせみ」へ帰って来ると、台所のほうで、お吉がしきりに板前といい争いをしている。

「なにやっているんだ。あの連中……」

出迎えたるいに太刀を渡しながら訊くと、るいが袂《たもと》を口許に当てて笑い出した。

「今日の午前《ひるまえ》に、嘉助とお吉を天神様へお詣りにやりましたの」

もったいないが、参詣はついでのことで、

「お吉が徳松さんの店の梅飯と蜆汁を食べたがるもんですからね」

「食って来たのか」

「ええ。帰って来たら、早速、板前さんに、こんなふうだ、あんなふうだ、梅干はよく叩いてから切れの、紫蘇の刻み方が悪いだの」

「板前は災難だな」

「多分、今夜はへんてこりんな梅飯を食べさせられますでしょうよ」

でも、と、るいが居間の庭へ瞳を向けた。

「天神様は、梅が満開で、そりゃあ見事でございましたって……」

大川のむこうの空は明るく、まるで春霞がたなびいているようで、吹く風も肌に快い。
東吾は両手を高くあげて、大きなのびをした。

矢《や》大臣殺《だいじんごろ》し

一

その時、東吾はるいを伴って、深川佐賀町の中之橋の近くへ来ていた。

「喧嘩だっ」

という叫び声に続いて、

「敵討《かたきう》ちだぞ」

と触れているのが聞える。

まだ日が暮れるには間《ま》のある刻限で、町中はさして人通りがなかった。それでも、ばらばらと声のほうへ走って行く者がいる。

一人なら、すぐにもとんで行く東吾だが、るいが一緒なので、ちょっとためらった。

長寿庵の長助のところに、三番目の孫が誕生したので、その祝いに行って来た帰りである。

長助は出かけていたが、三人の子持ちになった長太郎が恐縮しながら出迎えて、夜具の中でよくねむっている女児をみせてくれた。

「長助に似ているじゃないか」

東吾がいい、

「そんなことを、うちの人がきいたら垂れ目が一層、こんなになっちまいますよ」

長助の女房が、目尻《めじり》を指の先でひっぱって嬉しそうに応じた。

三人目だから、親達は落ちついているし、実際、お産は軽かったらしい。はじめて兄貴になった長吉が赤ん坊の枕許《まくらもと》にすわって飽きもせず眺めている。

賑やかな笑い声に包まれての帰り道に、どうも穏やかではない騒ぎを耳にして、東吾はるいをふりむいたのだが、

「なんでございましょう。敵討ちなんて……」

若女房は好奇心丸出しで、人々のあとを追う。

「るいも相当の野次馬だな」

中佐賀町を僅《わず》かばかり後戻りしたところに明樽《あきだる》問屋、越後屋という大きな店がある。

人が集っているのは、越後屋の裏側の空地の前で、わあわあさわいでいる人垣のむこうに浪人風の男と、白鉢巻に白襷《しろだすき》の若いのと二人が並んで、しきりにぺこぺこ頭を下げている。

「いったい、なにがあったんだ」

むこうから戻って来た男に東吾が訊《き》くと、

「冗談じゃありませんや。茶番の稽古をしていたんだそうで……」

「茶番……」

「花見の余興に敵討ちの芝居をやるんだそうで、とんだ人さわがせでございますよ」

東吾が改めて空地のほうを眺めると、成程、着ているものは浪人の恰好だが、深編笠を取ってお辞儀をしている頭は町人髷《ちょうにんまげ》で、もう一人の白鉢巻が下げている刀は芝居で使う銀紙ばりの竹光《たけみつ》である。

「おい、とんだ花見の敵討ちだとさ」

るいに声をかけて、東吾はさっさと今来た道を帰りかけたのだが、ふと、誰かの視線を感じて、そっちを見た。

居酒屋だろう。布袋《ほてい》屋と布看板の下っている小さな店の前に五、六人が固まっている。みんな、敵討ちさわぎに驚いて店から出て来たといったふうだが、その中の一人、四十五、六だろう苦味走った職人風のが驚いたように、こっちをみつめている。東吾と視線が合うと、慌てて小腰をかがめ、それで、るいが気がついた。

「大工の源七さんですよ。よく、うちの仕事をしてもらっているんです」

るいが傍《そば》へ行って、二言三言、戻って来て、

「この先の稲荷小路に住んでいるそうですよ」

ふりむいて会釈をすると、源七は更に深々と頭を下げている。

「春なんですねえ。空地で茶番の稽古だなんて……」

向島の桜の蕾《つぼみ》もかなりふくらんで、人の気持も浮かれ出しているのだろうと、それにしてはまだ冷たさの残っている夕風の中を、二人は大川端へ帰ったのだったが、その翌日、長助が蕎麦粉を抱えて「かわせみ」へやって来た。

「昨日の中《うち》に、お礼に参らなけりゃならねえところを遅くなりまして申しわけございません。ちょいとばかり、奇妙な事件にかかわり合っちまいまして……」

ぼんのくぼに手をやりながら挨拶をした。

「なんだね、奇妙な事件というのは……」

たまたま、るいが客を送って帳場にいたこともあって、上りかまちのところにかしこまった長助に、嘉助が訊いた。

「へえ、まあ、みかけはなんてえこともないようなもんですが、なにしろ、殺されたのが、名主の倅《せがれ》でござんして……」

「人殺しですか」

早速、首を出したのがお吉、長助のために運んで来た茶碗をおくなり、板の間にすわり込んだ。

「徳太郎と申しまして……、佐賀町の名主は松本東左衛門というんですが、その倅で、まあ、倅といっても三十なかばになる男で……」

勧められた茶を一口飲んで、長助は気の重そうな表情をみせた。

「いったい、誰が、名主さんの倅を殺したんだね」

煙草盆を持って、嘉助も帳場格子から出て来た。宿屋稼業が一番、ゆったり出来る午《ひる》下《さが》り。外は提灯張替屋が間《ま》のびのした売り声で流して行く。

「そいつが皆目《かいもく》、見当がつかねえんで……」

若先生は、まだ講武所からお帰りじゃございませんかと、長助が頼りなさそうに訊いて「かわせみ」の連中は顔を見合せた。

「なんだね。親分は礼に来たってのは口実で、本当はうちの若先生をひっぱり出しに来なすったのか」

嘉助にすっぱぬかれて、長助は照れくさそうに笑い出した。

「ま、そういわれちまうと面目ねえんですがね」

「話してごらんなさいよ。三人寄れば文殊《もんじゅ》の智恵っていうじゃありませんか」

お吉にうながされて、長助が懐中から半紙を一枚取り出した。あまり上手とはいえない筆蹟で、何人かの名前が書いてある。

「こいつが、布袋屋にいた客の名前で……若先生にお目にかけようと書き出して来たんです」

「布袋屋が、なんだって……」

と嘉助。

「そこで、人殺しがあったんでさ、つまり、徳太郎が殺されてたんです」

「長助親分」

るいが、さらりといった。

「うちの人が帰って来たら、ちゃんと話してあげますから、順序立てて最初っからいってみて下さいな」

二

事件があったのは、昨日の夕方、ぼつぼつ暗くなりかけた酉《とり》の刻（午後六時）、深川中佐賀町の布袋屋という一杯飲み屋、と聞いて、東吾が湯呑をおいた。

「そいつは、るいと一緒に敵討ちを見物に行った時、大工の源七って男が立っていた店じゃないのか」

袴《はかま》をたたみながら話していたるいがうなずいた。

「そうなんです。あの時らしいんですよ」

布袋屋はぼつぼつ客が賑《にぎ》わってくる時分で、

「徳太郎って人は、布袋屋の御常連なんだそうですよ。昼間っから、入りびたって酒を飲んでいる。布袋屋の矢大臣って、かげでいってるくらいだとか……」

「矢大臣か」

矢大臣は矢大神とも書き、本来は神社の随身門《ずいじんもん》の右側にある像の名称であった。弓矢を持って門を守る役目なので、矢大臣と呼ばれるのだが、片足を下へおろし、片足だけを胡座《あぐら》をかくような恰好で上へあげている。

その形が居酒屋で明樽に腰をかけた客がやるのとよく似ていることから、そうした縄のれんの客を矢大臣といったり、ひいては居酒屋そのものを矢大臣と呼んだりする。

「なんでも、徳太郎って人は、いつも自分のすわる明樽が決っているんだそうで、他のお客が知らないでそこへ腰かけていると蹴《け》とばしたり、お酒をぶっかけたりするそうです」

「名主の倅にしては乱暴だな」

「町内の鼻つまみですって。大酒は飲む、女にはだらしがない。お内儀《かみ》さんに逃げられてからは、よけいひどくなったとか」

「親は叱言《こごと》をいわないのか」

「三十五にもなっている男ですよ」

「馬の耳に念仏だろうな」

「お金を持たせないようにしたり、深川のお茶屋さんなどには遊びに行っても上へあげないようにしてくれと頼んだりしているそうですけれど……」

「成程、それで、居酒屋の常連になっているのか」

炬燵《こたつ》の上においてある半紙を東吾が取り上げた。

「殺された徳太郎を別にして、ちょうど五人、布袋屋にいたわけだな」

「でも、みんな、敵討ちさわぎで表へ出ていたんです」

例の花見の茶番であった。

「戻って来たら、徳太郎さんが死んでいるんで、大さわぎになったみたいですよ」

「徳太郎は、なんで殺されていたんだ」

「背中に白羽の矢が突き立っていたって、長助親分が……」

廊下をお吉の足音が近づいて来た。

「畝様がおみえになりました。お帳場で待っていらっしゃるんですよ」


東吾は立ち上って、大小を腰にさした。

以心伝心というか、長年のつきあいで、彼が誘いに来たのだと見当がつく。

帳場のところで、畝源三郎は嘉助と話をしていた。

「東吾さんは昨日、敵討ちの茶番を見物したそうですね」

嘉助が揃えてくれた雪駄《せった》に足を下しながら、東吾は苦笑した。

「あの時、布袋屋をのぞいていれば、てっとり早く下手人をとっつかまえられたんだ」

いってらっしゃいませ、と、るいと嘉助に見送られて、「かわせみ」を出る。

「長助が手古ずっているのか」

大川端を永代橋へ向いながら、東吾が訊いた。

「なにしろ、徳太郎を殺しそうな人間が、うじゃうじゃしてますのでね」

「悪い奴だったらしいな」

「腕っ節の強いのをいいことに、子供の頃から乱暴者で通っていまして、親が尻ぬぐいをしてなんとか済まして来たようですが、だんだん、狂気じみて来て、町内でもしばしば問題になっていたのですが……」

名主の悴ということで、町役人《ちようやくにん》達がお茶を濁してしまうところがあったという。

「女たらしだそうだが……」

「悪い癖がありましてね、許嫁《いいなずけ》があるとか、縁談の決った女を襲ってという事件がいくつかあるようです」

そんなことをしても、徳太郎がお上の御厄介にならないでいるのは、女のほうが事件を表沙汰にしたくないので届け出ないからで、

「しかし、どうかくしても世間の噂にならないことはありません、それでも、当人が訴えない限り、表沙汰には出来ません」

徳太郎を縛って白状させたところで、肝腎の女のほうが、そんなことはなかったと主張したのでは、事件にならない。

永代橋を渡ったところの番屋に、長助が待っていた。

勢い込んだ表情で近づいて来ると、

「お蝶が、あの時刻に、稲荷小路の近くにいたのを見た奴が出て来まして……」

と報告した。

「これから井筒屋へ行ってみようかと思いますが……」

源三郎が承知し、東吾に説明した。

「深川の井筒屋のお蝶、芸妓ですが、日本橋の大店《おおだな》の若旦那に落籍《ひか》されるって話だったんですが、こいつがいけなくなりまして……」

長助が、そのあとを取った。

「それと申しますのが、徳太郎があいつは俺の色女だと吹いて廻りまして……実のところ、どうもお蝶となにかあったようでして、結局、落籍される話のほうが消えちまいました」

「お蝶は、徳太郎を怨んでいるのか」

「初午《はつうま》の日に、えらく酔っぱらって、徳太郎を殺してやると出刃庖丁を持ってとび出したそうで……若い衆がとりおさえてどうってことはなかったんですが……」

井筒屋は深川では中どころの店で、お蝶はそこの養女分になっている妓《こ》であった。売れっ妓なのだろう、なかなかの美貌で、勝気そうな羽織芸者である。ただ、若くはみえるが、年はもう二十一になるという。

「かわいそうなことを致しました。あの妓にとって、この上もない話がまとまろうという矢先に、つまらない噂が立ちまして……」

お蝶が来る前に、応対に出た主人の弥兵衛というのが愚痴をいった。

「お蝶を落籍しようとしたのは、日本橋のなんという店だ」

と源三郎。

「本石町の美濃屋さんでございます」

若旦那の清太郎というのと、もう二年越しの仲で、漸《ようや》く親達を納得させて嫁にするという段取りになって俄《にわか》に破談になった。

「お蝶と徳太郎の間には、本当になにかがあったのか」

源三郎に訊かれて、井筒屋の主人は眉をひそめて頭を下げた。

「そいつは、どうぞ、御勘弁下さいまし」

お蝶が入って来た。

縞《しま》の着物に繻子《しゅす》の帯をひっかけに結んでいる。素顔に年齢《とし》相応の落着きがあった。

「昨日の夕方、徳太郎が布袋屋で殺された時刻に、お前の姿をあの近くでみかけた者がいるのだが……」

源三郎の言葉に、お蝶は軽く顎を引いた。

「多分、お稲荷さんへおまいりに行った時だと思います」

中佐賀町のまん中あたりの横町に佐賀稲荷というのがある。町内の鎮守で社地は僅かに二十六坪ばかりだが、けっこう御利益があるというのが評判である。

「あの近くで、敵討ちさわぎがあったのを知っているか」

と東吾が訊いた。

「人がわあわあさわいでいたのは知っています」

「布袋屋へは寄らなかったのか」

「別に、用事もありませんし……」

「お稲荷さんへおまいりして帰る時、誰か知った顔に会わなかったか」

「会ったかも知れませんが、あたしは下をむいて歩いているので、声でもかけられないとわかりませんが……」

ちょっと間を置いて、考えるようにしてからいった。

「そういえば、会ったっていうのとは違いますが、稲荷小路を通る時、長屋の戸があいていて、おすみちゃんが針仕事をしているのがみえました」

「おすみ……」

それは、と弥兵衛が口を出した。

「稲荷小路に住んでいる娘で、お針で暮しを立てて居ります。手前どもでもよく仕事を頼みますので、この家へ出入りをして居りまして、お蝶も顔見知りでございますから……」

東吾が、お蝶に訊いた。

「おすみに声をかけたのか」

「いいえ、一生けんめい仕事をしているので、手を止めさせては悪いと思って、そっと通りすぎましたから……」

むこうは自分が家の前を通ったのさえ、知らないだろうといった。

「あんたは初午の日に、徳太郎を殺してやると荒れ狂ったそうだが……」

お蝶が乾いた声で笑った。

「今だって殺してやりたいと思ってますよ。あいつは人間じゃない、けだものです」

「徳太郎が殺されたのは知っているだろうな」

「ええ、天罰です。深川の女はみんな大喜びしているんじゃありませんか」

実に気持よさそうな調子でいい切った。

三

井筒屋を出て、三人は中佐賀町へ向った。

夕暮から夜になるところで、表通りはさっき歩いた時よりも人が出ている。

「お蝶が殺《や》ったんでござんしょうか」

長助が訊いたが、東吾はそれには答えず、

「名主の家は、今夜が通夜かい」

と訊いた。

佐賀町の名主、松本東左衛門の家は仙台堀にかかっている上之橋の手前で、家の門に提灯を出し、弔問客を迎えている。

徳太郎の死体をみたいという東吾の希望で、長助が東左衛門に話をし、庭から入って奥座敷に安置されている遺体をみた。

無論、その間、客は遠ざけられている。

湯灌《ゆかん》をすませた死体は白衣を着けて布団に寝かされている。

東吾は長助がめくった白衣の中をのぞいて源三郎の顔をみた。源三郎が黙ってうなずく。

徳太郎の背中の傷は三つであった。

左胸の裏側に当るところの傷がもっとも大きく、深いようである。その下の脇腹に近いところにやや小さい刺し傷が二つ。

湯灌のあとで巻いたらしい白布に血痕がついている。

「あっしが布袋屋へ行った時はすごいほどの血が流れていまして……徳太郎のすわっていた榜の下なんぞは血だまりが出来ていたくらいです」

低い声で長助がいった。

奥座敷から出て、庭伝いに表へ出る。

「源さん」

東吾がぽつんといった。

「殺されたのは、刃物でだけじゃなさそうだな」

源三郎が合点《がてん》した。

「気がつかれましたか」

「皮膚の色が尋常じゃない。医者はなんといった」

「おそらく、石見銀山《いわみぎんざん》ねずみ取りのようなものを飲んでいたと……」

「毒殺か」

「しかし、背中の突き傷も、充分に息の根を止めたでしょう」

「矢が射込んであったというが……」

長助がぼんのくぼに手をやった。

「そいつは、一番、小さい傷口のところでして、旦那がおっしゃるには、遠くから飛んで来たんじゃなくて、手で矢を摑んでぐさりとやったようです」

「源さんは、その矢をみたのか」

「正月に神社で授かって来る破魔矢という奴ですよ。あの矢尻のほうを斜めに切りましてね。鋭くとがらせてありました。竹ですから、けっこう刃物並みといいますか、錐《きり》で突いたような感じになりますね」

「なんで、そんなことをしたのだろう」

「わかりませんが、破魔矢というのは魔を射る矢ですから、つまり、下手人にとって、徳太郎という魔物を射殺《いころ》したという気持があるんじゃないでしょうか」

長助が足を止めた。

「あそこが、布袋屋ですが……」

それは、東吾も知っている、あの店であった。大工の源七が店の前にいて、るいに挨拶をした。

布袋屋は店を閉めていた。

「どうも、昨日の今日では、とても店を開ける気にはなれませんので……」

亭主は貞之助といい、板前上りのようであった。女房のおよねと二人きりでやっている居酒屋だから、まことに小さなもので、客が一杯になっても十人がいいところだろう。

「矢大臣がいつもすわっていた所はどこなんだ」

東吾にいわれて、貞之助が店の奥を指した。

壁ぎわだが、背後に四角い窓が切ってあって障子が左右にひけるように出来ている。夜は外側から板戸が閉まるが、その板戸は表で上へあげ、つっかい棒をして落ちないように出来ている。

「ここんところに明樽をおきまして、その前に台をすえてありましたが……」

明樽も台も血まみれだったので、気味が悪いと、今日、空地で燃やしてしまったという。

「徳太郎は毎日のように来ていたのか」

貞之助が目をしょぼしょぼさせた。

「手前どもは、名主様に少々の借金がございまして……」

昨年の春に女房のおよねが流産をして、そのあと暫《しばら》く医者の厄介になった時の治療代を名主にたてかえてもらったのだが、徳太郎はその借金を口実に、只酒を飲んでいた。

「こちらも強いことはいえませんので……」

「ところで……」

東吾が半紙を取り出した。長助が書いた客の名前が並んでいる。

「徳太郎が殺された時、この店に来ていた客の名前だが……」

およねが青い顔で手を振った。

「皆さん、敵討ちだってさわぎで、店をとび出して行きましたから……」

「徳太郎は出て行かなかったんだな」

「へえ」

「お前は、店にいたのか」

亭主が女房をかばうように前へ出た。

「いいえ、手前もおよねも店の外へ出て行きまして……」

「店に残っていたのは、徳太郎一人か」

「そういうことになりますんで……」

「徳太郎が死んでいるのをみつけたのは誰だったんだ」

「手前で……」

貞之助が両手を握り合せた。

「敵討ちが茶番だってきいたものですから、馬鹿馬鹿しいと店へ戻って来まして、なんの気なしに奥をみますと、徳太郎さんが背中に矢を突っ立てて、うつ伏せになってまして……あんまりびっくりしたんで、体が動きませんで、そこへ、みなさんが戻って来まてして……」

大さわぎになったと歎息した。

半紙に書かれている布袋屋の客の名前は五人であった。

「この客の中、誰が一番先に来たか、おぼえていないか」

貞之助が半紙をのぞいた。

「一番早いお客は、徳太郎さんで、まだ店をあけていない頃からやって来て、酒を飲んでいました」

といったのは、女房のおよねである。

「次は……」

「源七親方と悴の小吉さんです」

「大工の源七か」

「へえ、仕事の帰りによく一杯飲みに来てくれますんで……」

そのあとに、

「藤兵衛さんが来ました。煙草売りの帰りでして……」

続いて、丑之助。

「表通りの英泉堂の板木彫りをしている職人さんで……」

英泉堂というのは書物地本問屋であった。丑之助はそこで版下の板木を彫っている。

「それから、おさださんが顔を出しました。買い物に出たついでに、多分、御亭主がここに寄っているだろうと思ったなどといいまして……」

煙草売りの藤兵衛の女房であった。

「そうすると、敵討ちのさわぎの時に、この店にいたのは、徳太郎を除くと、その五人だな」

大工の源七、小吉の父子、藤兵衛とおさだの夫婦、それに板木職人の丑之助。

「お客じゃありませんが、裏口にお辰さんが来てました」

およねがいった。

すぐそこに住んでいる左官の孝太の母親で、

「お醤油《したじ》を借りに来たんです」

「そのみんなが敵討ち見物にいったのか」

「そうです。間違いありません」

貞之助が太鼓判を押した。

「みんなでわあわあいいながら出て行ったんですから……」

「敵討ちさわぎを知ったのは、どうしてだ。何故、わかった」

空地から布袋屋まで目と鼻の先だが、

「誰が気がついた」

「越後屋から吉松が知らせに来たんです」

明樽問屋、越後屋に奉公している吉松が、店の空地で敵討ちがはじまっていると教えに来た。

「吉松は、その、藤兵衛さんの倅でして……」

煙草売りの藤兵衛の一人息子が吉松だといった。

布袋屋を出た東吾の足が、まっすぐに越後屋へ行った。

長助に命じて、小僧の吉松を外へ呼び出させる。

おどおどしながら長助につれられて来た吉松は、十六というにしては子供子供していた。

「昨日、この裏の空地で敵討ちさわぎがあったな」

穏やかに東吾が訊いた。

「お前が、そのことを布袋屋へ知らせたそうだが……」

吉松がごくりと音を立てて唾《つば》を飲み込んだ。

「樽を干しに、空地へ行こうとしたら、敵討ちをやっているようにみえたから……」

「店へ知らせる前に、布袋屋へ行ったのだろう」

「布袋屋には町内の人が、よく集っているから……」

「お前のお父つぁんも来ていたな」

吉松は黙りこくって下をむいている。

それから東吾は佐賀稲荷へ行った。

中佐賀町のちょうど中程にある横町を入ると突き当りがお稲荷さんで、

「ここの横町を稲荷小路と呼んでいます」

長助が教えた。

稲荷小路には三軒並びの長屋が向い合せに建っていて、お稲荷さんの手前に井戸があり、北側に長屋の共同の厠《かわや》がある。

「おすみという娘の家はどれだ」

東吾に訊かれて、長助は井戸端にいた中年の女に近づいた。

女が指して教えているのは、お稲荷さんに一番近いところであった。

三軒つながっている棟割長屋の一番奥ということになる。

「今のが、お辰です」

戻って来た長助が、ささやいた。

事件のあった時、布袋屋へ醬油を借りに来ていた女である。

「悴は左官職で……その、例の茶番の敵討ちの白鉢巻の田宮坊太郎の役をやってたのが、お辰の悴の孝太という奴なんです」

東吾の口許にかすかな微笑が浮んだ。

「お辰も、この長屋の住人なんだな」

「へえ、とばくちの右っ側です」

「お辰の悴が田宮坊太郎役だとすると、討たれる敵は誰がやってたんだ」

「団之助といいまして、役者くずれで、今は下座《げざ》の三味線ひきで富岡八幡の芝居に出ています」

「ひょっとすると、そいつもこの長屋の住人か」

「お辰の隣が、そうです」

長助の案内で団之助の家をのぞいてみると、今しがた帰って来たばかりらしく、入口の土間のところでへっついに薪《まき》をくべている。

「親分。もう、勘弁して下さいよ」

長助の顔をみるなり、泣きそうな声でいった。

「何度もいいますが、本当にあんなさわぎになるとは思わなかったんで……」

長助が笑った。

「とがめに来たんじゃねえ。旦那方がお前にちょいとお訊ねになりてえことがおあんなさるそうだ。神妙にお答え申し上げろ」

石のようになった団之助へ東吾がざっくばらんにいった。

「そう固くなるな。花見の茶番の稽古だったそうだが、この長屋の連中で花見をするつもりだったのかい」

「へえ」

消え入りそうな返事であった。

「花見には毎年、出かけるのか」

「いいえ、あっしらのような暮しの者は滅多に……ですが、たまには行ってみようって話になりまして……」

「茶番に敵討ちの芝居をやろうといい出したのは、誰なんだ」

「手前でございます。最初は三味線でもひいてくれないかというんで、それじゃあんまり芸がないからと……敵討ちなら、そう難しいせりふもございませんし、なんといっても派手でございますから……」

「いつも、あそこの空地で稽古をしていたのか」

「とんでもない。昨日、ちょうど小屋のほうから衣裳を出してくれましたんで、ちょいと孝太さんに着せてみようと思いまして」

自分は役者の真似事をしていたが、孝太は全くの素人なので刀の持ち方や袴《はかま》のつけ方なぞ、まるっきり知らないので当人も心配している。一ぺんくらいは稽古しなければ、口立《くちだ》てで出来るものではないと考えていたと団之助はいった。

「それで、孝太さんを呼びに行き、二人であの空地で衣裳をつけてみて、立ち廻りの真似事をしてみたんです。まさか、本物の敵討ちと間違えられるとは夢にも思いませんで……」

東吾が少しばかり表情をきびしくした。

「しかし、そのさわぎの最中に、人一人が殺されたんだぞ」

団之助は上目遣いに三人を見廻したが、しょんぼりとうなだれてしまった。

団之助の家を出て、東吾は路地を後戻りして、おすみの家の前へ立った。

長助が声をかけたが返事がない。戸口を開けてみると留守のようであった。

今、のぞいて来た団之助の家からみると、同じ棟割長屋でも、この奥のが一番、広いようであった。といっても六畳に三畳といった間取りで、壁ぎわには夜具がたたんで枕屏風で囲ってあり、その横の文机《ふづくえ》の上に小さな仏壇がおいてある。位牌が二つ、線香の匂いが部屋の中にただよっていた。

「おすみちゃんなら、いませんよ。仕立物を届けに出かけてます」

突然、背後から呼ばれて、ふりむいてみると、路地に若い男が赤い顔をして突っ立っている。

「お前は源七親方の倅の小吉じゃねえか」

長助がいい、小吉は二、三歩、後ずさりをしてお辞儀をした。

「お父つぁんは家かい」

「いえ、まだ仕事から帰っていません」

源七と小吉親子の家は、おすみの家の向い側だと聞いて、東吾はあっさり稲荷小路に背をむけた。

四

東吾が「かわせみ」へ帰って来てるいと夕飯をたべていると、嘉助が大工の源七が訪ねて来たと取り次いで来た。

「若先生に折入ってお話が、と申して居りますが……」

東吾はあまり驚いた様子もなく、ここへ通してくれといった。

るいが慌ててお膳を片づけたところへ、ひっそりと源七が案内されて来る。東吾の目くばせで、るいは源七と入れかわりに部屋を出ていった。

「どうだい、一つ、やるかい」

東吾が長火鉢の猫板の上においてあった盃を取ると、源七はいきなり両手をついた。

「お手数をおかけ申しますが、どうか、手前を畝の旦那のところへつれて行って下さいまし」

徳太郎を殺したのは手前でございます、というのを、東吾はじっと眺めた。

「お前、なんで、徳太郎を殺したんだ」

源七が目を伏せた。

「理由《わけ》をいわなけりゃいけませんか」

「棟梁《とうりよう》がいわれもなしに人を殺すか。徳太郎のような狂人ならなにをしでかすか知らないが……」

ふっと源七が肩の力を抜いた。

「おっしゃる通りあいつは狂人でございます」

「徳太郎が、なにをした」

「あっしにとっては、かけがえのない大恩人を殺したんです」

「恩人とは誰だ」

源七がやむを得ないといった口調で続けた。

「村岡但馬《たじま》とおっしゃる御浪人で……」

稲荷小路の住人だといった。

「親の代からの御浪人でしたが、そりゃあ立派な人で、あの長屋に住む者はみんな親のように思っていました。どれほど厄介になったか、数え上げたらきりがねえ」

仕事にあぶれて子供に飯が食わせられなくなった時、病人の薬代がなくて途方に暮れた時、家賃が滞って大家から出て行けとせまられた時、

「みんな、村岡さんのところへ泣きつきました。いつだって、村岡さんはいやな顔もしないで銭だの米だの出してくれる、俺達はずっとあとになって知ったんです。米をもらった奴は、その翌日、村岡さんの家の米櫃《こめびつ》には一粒の米もなかった。お内儀《ないぎ》のおきよさんがそっと一枚きりのおすみちゃんの晴れ着を質入れして、それでなんとかしのいだってこと。あっしの女房が患いついた時も、村岡さんが薬代だと毎日のように届けて下すった金は、お内儀とおすみちゃんが夜も寝ないで賃仕事をしてこしらえていたものだった……うちの嬶《かかあ》は息を引き取る時、村岡さんとお内儀に手を合せて……悴のことを頼んで……」

源七がたまりかねたように手拭で顔をこすった。

「忘れやしません。昨年の春、あっしは悴の小吉と一緒に名主様の家へ仕事に行ってい

たんです。名主様の手文庫に入れておいた十両の金がなくなっていて……徳太郎の奴が、うちの小吉が盗んだのをみたといったんです。悴は盗んじゃいねえ、盗《と》ったのは徳太郎なんです。盗っ人たけだけしい。徳太郎の奴、木刀を持って来て悴を折檻《せっかん》するといいやがる。あいつの魂胆はわかってる。小吉の奴が、村岡さんのおすみちゃんと仲がいいのをいやみに思いやがって……」

その時、小吉をかばったのが村岡但馬だったと源七は訴えた。

「村岡さんは名主様のところの帳付けの仕事をしていて、その日も来ていなすった。小吉は盗みを働くような人間じゃねえといって下すった」

どうしても徳太郎が小吉を折檻するというなら、代りに手前をお打ちなされといった村岡を、徳太郎は木刀でさんざんになぐりつけた。みかねて、名主が徳太郎を制してその場は済んだのだが、

「村岡さんはその翌日、ひどく血を吐いて、三日ばかりで歿《なくな》ったんだ」

徳太郎になぐられたのが原因に違いなかったが、名主がよこした医者は労咳《ろうがい》だといった。

「医者がそういったんじゃどうしようもありませんや。その時から、あっしは徳太郎を殺す決心をしていました」

膝頭を握りしめている源七をみて、東吾が更に訊いた。

「村岡但馬どのが歿ったのはわかったが、おすみの家には、もう一つ、位牌があった。

母親のおきよどの、村岡どのの御内儀のものと思うが、お内儀はどうして殺られたのだ」

源七の表情がひきつったようになった。

涙が両眼からあふれて、咽喉《のど》に嗚咽《おえつ》が聞えた。

「いえませんそれだけは口が裂けても……」

ぶるぶる慄えている源七に、東吾は穏やかにいった。

「ところで、あんたはどうやって、徳太郎を殺したんだ」

源七が唇を嚙みしめ、かすかな笑いを浮べた。

「鑿《のみ》をぶち込んでやったんでさあ、あいつの背中に、思いきりずぶりと……」

「馬鹿野郎」

威勢のいい啖呵《たんか》が東吾の口から飛びだした。

「お上の目は節穴じゃねえや。でたらめもたいがいにしろ。徳太郎は刃物で突かれて死んだんじゃねえ。毒を飲まされて殺されたんだ」

源七があっけにとられた。

「人が飯を食ってるのに、つまらねえ世迷言《よまいごと》をいってくるな。帰れ、帰れ。今後、寝ぼけたことをいってくると、かわせみのお出入り禁止にしちまうぞ」

狐に化かされた顔で源七が帰ると、入れ違いに、

「若先生、今度は悴がやって来ました」

嘉助が可笑《おか》しそうにいって来る。

「親父が何を申し上げたか知りませんが、徳太郎を殺《や》ったのは、あっしです。親父じゃございません」

思いつめて蒼白になっている小吉を、東吾はひどく嬉しそうな顔でみつめた。

「お前は、どうやって殺したんだ」

「破魔矢の先を錐のようにとがらせて、それで力まかせに突きました。傷口は小さくたって、間違いなく、心の臓を突きさしたと思います。下手人は俺です。どうか、お縄にして下さい」

たまりかねたように、東吾が笑いだした。

「あいにく俺は役人じゃないんだ。第一、お前の親父にもいったように、徳太郎は刃物でさされて死んだんじゃねえ。毒を盛られたんだ。親子そろって、どんな夢をみたのか知らねえが、湯屋にでも行って頭の疲れをとってくるがいい。湯銭がなけりゃくれてやるぜ」

茫然自失の体で帰りかける小吉に、東吾は独り言のように呟《つぶや》いた。

「お前、よくよく、おすみに惚れてやがるな」

翌朝、東吾が木剣の素振りをしているところへ、

「藤兵衛さんて方がみえました」

お吉が不思議そうに取り次いだ。

枝折戸《しおりど》から庭へ案内された藤兵衛は東吾を見ると地べたに膝を突いた。

「昨夜の中に参る筈《はず》でございましたが、あとに残る女房子のことを考えまして、身の廻りの始末をして居りまして遅くなりました。徳太郎を殺害致しましたのは、手前でございます」

東吾は縁側に腰をかけた。

まぶしいような春の朝日がさし込んでいる。

「あんたは、徳太郎にどういう怨みがあったのかい」

藤兵衛が顔を上げた。

「村岡但馬の女房のおきよは、手前の妹でございます」

ほほうと東吾が納得した。

「それじゃ、あんたに訊こう。おきよさんはなんで歿ったのだ」

怒りがみるみる藤兵衛の顔を朱に染めた。だが、藤兵衛の声は押し殺したように低かった。

「なにがあったのか、手前の口からはとても申せませんが……」

先々月二十九日のことだといった。

「いつものように煙草売りに出かけまして、うまい具合に売り切れたので、いつもより帰りが早うございました」

稲荷小路へ戻って来て、自分の家を通り越してお稲荷さんまで行ったのは、井戸端で

足を洗うついでのようなもので、

「神前で柏手《かしわで》を打ちました時、背後の路地を誰かが走って行く足音がしまして、ふりむいてみると、徳太郎が表通りへ逃げて行くところでございました。あいつがおすみちゃんをねらっているのは知って居りましたから、急いで妹の家へ走って行ってみますと、戸が開けっぱなしになっていて……部屋におきよが倒れて居りました。咽喉《のど》をしめられたらしく息が止まっていて……手前は慌てて体をゆすったり、水を口の中へそそぎ込んだりしましたが、どうにもなりませず、表へとび出すとちょうど女房が買い物から帰ってきたので、女房におきよの手当てを頼み、医者を呼びに行きました。ですが、やはり、おきよは生き返りませんでした」

「どうしてお上に届け出なかったのだ」

「町役人《ちょうやくにん》へ届けました。ところが、町役人が申しますには、名主様では悴の徳太郎は一日中、家にいた。奉公人もその通りだと申し立てたということでして……」

「お前がみたのは、確かに徳太郎だったのだな」

「見間違いはありません。それに、手前は妹がどんなむごたらしい恰好で殺されていたのか、この目でみたのでございます。あんな非道なことをするのは、徳太郎の外にはございません。おきよは娘の身代りにされたのでございます」

抑えた調子だけに、藤兵衛の怒りのすさまじさが東吾に響いて来る。

「よくわかった。それで、お前さんはどんな方法で、徳太郎を殺したんだ」

「あいつの酒に石見銀山のねずみ取りを思いきり、ぶち込んでやりました。あいつはもう酔っぱらっていましたので、味もなにもわからず茶碗でぐいぐいやりまして……」

「その石見銀山入りの徳利と茶碗はどうした」

「敵討ちさわぎが起った時、いそいで洗い場へ持っていって、きれいに洗い流してしまいました」

「成程なあ」

東吾が脱いでいた片肌を袖に通した。

「残念だが、徳太郎は毒物で死んだのではない。よく出来た話だが、そいつをお上が取り上げるとは思わないぞ」

藤兵衛が仰天した。

「それでは、いったい、なんで、徳太郎は……」

「そいつは、やがて分る。それより今日は歿ったおきよの四十九日じゃないのか。これも縁だろうから俺が施主になる。稲荷小路の長屋のみんなに仕事がすんだら、おすみの家に集るようにいってくれ。きっと、みんなが満足するような供養が出来る筈だ」

ぼんやりとした顔で藤兵衛が帰り、やがて昼近くになって畝源三郎と長助が来た。

「長助のところに、別々ですが、丑之助とおさだが来ました」

丑之助は板木彫りの職人、おさだは藤兵衛の女房である。

「おさだは石見銀山のねずみ取りを酒に入れて徳太郎を殺した。義妹の敵討ちをしたので亭主や悴は全く知らないことだったといい、丑之助のほうは親のように思っていた村岡夫婦の敵をとるつもりで、板木彫りの鑿を徳太郎の背中に突きさしたといったそうです」

どちらも長助は笑って相手にせず、追い払ったという。

「俺のところには三人来たよ」

一刻あまり、東吾は源三郎と長助に話をした。

「おそらく東吾さんのおっしゃる通りでしょう、早速、手配をします」

「かわせみ」が用意した昼飯を食べ、源三郎と長助が出て行く時、東吾は長助に酒と肴《さかな》をおすみの家へ届けてくれるよう手配を頼み、少々の金をあずけた。

それからの東吾は炬燵に寝そべってしきりに何かを考えているようだったが、るいがのぞきに来た時には軽い鼾《いびき》をかいていた。

そして、陽が西へ傾く頃、むっくりと起き上ると奉書に金を包み、供養、と上書きしたのを懐中に入れて、

「深川まで行って来る」

春の夕風の中をとび出して行った。

稲荷小路のおすみの家には酒が届き、長助のところの若い衆が煮しめや蕎麦寿司などを運んで帰って行くところであった。

狭い家の中に、仏壇を囲むようにしておすみを中心に、藤兵衛夫婦、源七、小吉の父

子、丑之助、団之助、それにお辰と悴の孝太が膝を突き合せるようにして並んでいる。入って来た東吾をみると、いきなり、おすみがにじり出た。

「申しわけございません。徳太郎を殺したのは、私でございます」

わあっとみんなが叫び出し、東吾は手を上げて制した。

「寝ぼけるのは、いい加減にやめてくれ。最初にいっておくが、徳太郎は刃物で突かれたのでも、毒入り酒で死んだのでもない。かねてからの彼の悪業に立腹した稲荷明神がお使姫の狐に命じて、神矢を持って射殺したのだ。従って、神罰。下手人は稲荷明神ということになる」

ざわざわと人々が顔を見合せ、ささやき合うのを、東吾は面白そうに眺めた。

「とにかく、これはお上のお裁きでもあるんだ。だから、ここに下手人はいない。そのことを頭の中においた上で、もし、間違っているところがあったら、かまわないからいってくれ」

まあ、飲みながら、と東吾は自分で酒を茶碗に注いで一人一人に渡した。自分もその一つを取り上げて旨そうに飲んだ。

「徳太郎は悪人だ。いや、狂人といってもいいだろう。どれほどの人があいつに泣かされ、苦しめられたかわからない。腹が立つのはそういう男が名主の悴だということだ。親は誰しも我が子が可愛い。出来の悪い子ほど、もて余しながらも、親はかばう。が、そのためにあいつがしでかした人殺しまでが闇に葬られるのをみた者は我慢が出来なくなった。

ましで、徳太郎に殺されたのは、仁に富み義を守る、立派な男と、その貞淑な妻であった。どれほどの厚意を、生前の夫婦から受けたかしれない。その人々は、慈父、慈母のような二人の死に怒りを抑えようがなくなった」

部屋の中は、しんと静まり返っていた。

東吾だけが、ゆっくりと茶碗の酒を飲む。

「おそらく、みんなが少しずつ、智恵を出し合って練りに練った計画だったと思う。徳太郎は毎日のように布袋屋へ只酒を飲みに来る。敵を討つのはその時と決めた」

仏壇の灯明が、小さくまたたいた。誰もがうつむいて息を殺している。

「あの日、といっても三日前だ。まず一番に源七が布袋屋へ小吉と一緒に入って行った。矢大臣が布袋屋へ来ているかを確かめるためだ」

徳太郎は例によって、いつもの席で矢大臣をきめ込んで酒を飲んでいた。

「次に藤兵衛が来た。これは、用意して来た石見銀山ねずみ取りを徳利の酒に仕込むためだ。その間に小吉が外を通ったようにみせかけた丑之助に合図をした。丑之助はまっしぐらに稲荷小路へ走って、かねて用意して待っていた団之助と孝太に、予定通り決行することを告げ、団之助と孝太は直ちに越後屋の裏の空地へ行って敵討ちさわぎをはじめる。おさだはそっと越後屋へ行き、吉松を呼び出して敵討ちを知らせに布袋屋へ走らせる。布袋屋のほうでは徳太郎が毒酒を飲み出したところをみて、源七が窓の外へ廻って思いきり、徳太郎の背中へ鑿を打ち込んだ。吉松が知らせに来て布袋屋の夫婦は敵討ちをみに外へ出る。そのあとで、丑之助が怨みの鑿を突きさし、お辰とおさだが連れて来たおすみが、小吉の用意した破魔矢を持って、小吉と一緒に徳太郎を突いた。つまり、親の敵討ちだ。おさだとお辰は放心しているおすみを助けて長屋へ帰り、男達は敵討ちを見物しに出たような恰好で外にいる。俺が源七をみたのは、この時だったと思う」

源七が何かいいかけるのを、東吾は笑って避けた。

「最初にいったろうが。徳太郎を殺害したのはお稲荷さんだ。今、俺がいったのは、みんながみた夢の話なんだ。ただ、俺としては夢が間違っていないかどうか、知りたかっただけでね」

おすみが声を上げて泣き崩れ、おさだもお辰も手拭を目に当てた。

「若先生……」

思いつめた声で源七がいった。

「本当に、夢で、いいんでござんしょうか」

「夢は夢さ」

茶碗酒を膝において、東吾は彼らしくない、しみじみした口調でつけ加えた。

「俺はこうやって、供養の酒を飲んで笑っているが、腹の中じゃ涙がこぼれそうなんだ。よくぞ、これだけの人間が心を揃え、一人一人がいざという時は一人で罪をひっかぶる気で、立派な敵討ちをしてのけたことだと……この夢物語は、この位牌のお二人になに

より の供養じゃねえかと思ってね」

そっと源七が酒を口に持って行った。団之助と孝太が肩を抱き合って泣いている。

「夢の話はこれっきりだ。あとはみんなで気持よく飲んで、夢なんぞ、きれいさっぱり忘れちまってくれ」

藤兵衛が両手を合せ、おさだも東吾を伏し拝んだ。

「よせやい、俺はまだ仏にゃなってないぜ」

いい機嫌で東吾が「かわせみ」へ帰って来ると、るいがすぐにいった。

「今しがた、畝様が、名主の東左衛門は隠居させられ、新しい名主が決るそうだとおっしゃってお帰りになりましたよ」

東吾がうなずいた。

「なにもかも、うまく行ったってことだろう」

居間の長火鉢には、酒の徳利が猫板にのっている。膳の上には鮑《あわび》の刺身に、菜の花のあえもの。

「一つ二つ、うかがってもよろしいですか」

るいにいわれて、東吾は、なんなりととうそぶいた。

「布袋屋の夫婦も敵討ちのお仲間だったんですか」

「そうじゃないが、多分、気がついたろう。気がついても、なにもいわない。布袋屋にとっても、徳太郎はうじ虫みたいな奴だったんだ」

「井筒屋のお蝶さんが、稲荷小路でおすみさんが縫いものをしているのを、その時刻にみたというのは本当ですか」

東吾が徳利を銅壺《どうこ》に入れた。

「ありゃあ、嘘さ」

「どうして……」

「おそらく、おすみの家の戸があけっぱなしになっていて、誰もいなかったのを思い出したんだろう。つまり、その時刻、おすみは布袋屋で親の敵討ちをした。そのことにお蝶はあとで気がついたから、俺が訊いた時、わざわざ、おすみが家にいたと嘘をついて、おすみをかばったのさ」

それは、お蝶も亦《また》、徳太郎を殺してやりたいほど憎んでいたためでもある。

「とにかく、一件落着だが、世の中には、証拠がないばっかりに、泣き寝入りになっていることが、沢山あるんだろうな」

畝源三郎や長助が、どんなに張り切っても、証拠もなしに人を処罰することは出来ない。

るいの顔色をみて、東吾は懐中から財布を出してその膝へ放り投げた。

「それにしても、長兵衛を気取るのは、いい気持だが、えらい散財さ、おかげで明日から矢大臣にも寄れやしねえ」

るいが笑い出し、お吉が蛤鍋《はまぐりなべ》を運んで来た。

外は、春特有の大風が吹きはじめている。

「いやですねえ、花どきになると風だの雨だので……」

花見に行く前に、桜が散ってしまうと火鉢に鍋をかけたお吉に、東吾は盃をさし出した。

「嘉助も呼べよ。花見のかわりだ」

るいがいそいそと立って帳場へ嘉助を呼びに行き、お吉は頂いた盃を威勢よくあけた。

味噌の煮える匂いが、部屋にこもって来て「かわせみ」はこれからが酒宴となる様子だ。

春《はる》の鬼《おに》

一

町役人と書いて、「ちょうやくにん」と読む。

町奉行所の役人、つまり町方役人《まちかたやくにん》とまぎらわしいが、彼等は幕府の役人ではない。

町役人になるのは町人であった。

名主とか、地主、家持階級の代表である年寄、或いは土地や家屋の所有者が遠方に住んでいるため、その持主に代って借地、借家をしている連中から地代や家賃を取り立てる大家（のちに家主《いえぬし》と彼等をも呼ぶようになった）などが交替で、町役人をつとめる。

町役人はお上のお触れを町民に伝え、町民の便宜をはかり、時には町民代表としてお上に訴えごとをしたりする。

おおざっぱにいえば、現代の町会とか町会長といったようなものを連想すれば、当らずといえども遠からずといった感じであろう。

さて、その春、深川の町役人達の何人かが、打ちそろって、川口の善光寺へ参詣に出かけた。

川口の善光寺は、今年、開帳であった。

開帳とは社寺が、平素は秘仏とか秘宝とかいって、一般には参拝させないものを、一定期間、特別に信者に参詣を許し、霊験あらたかな秘仏との結縁《けちえん》を願うというもので、社寺のほうからいうと、参詣人が増え、奉納金や賽銭《さいせん》が集って内情が潤うという利点があった。

で、江戸時代はしばしば、あちこちで開帳が行われたが、その大方は春秋《はるあき》の、季節のいい時期であったから、参詣人は行楽旁《かたがた》、親類縁者を誘い合せて出かけて行った。

川口の善光寺は、江戸のどこからでも大体、日帰りで行けるので、信心を口実にした息抜きの旅には甚だ具合がよかった。

で、深川の町役人、この場合は全員が名主だったが、何月も前から申し合せをして、四月十三日早朝に深川を発った。

一行は六間堀町、常盤町、森下町、三間町、元町、富川町、深川西町、東町と八町のたばねをする深川八郎右衛門を筆頭に、猿江町の名主の志保井茂右衛門と、その娘のお妙、上大島町と下大島町の名主の斉藤助之丞、亀戸町と亀戸清水町、亀戸境町の名主の勝田次郎助とその弟の三郎五郎、中の郷五ノ橋町の名主の大塚庄八、小梅五ノ橋町の名主、高橋新左衛門、総勢八名であった。

この男ばかりの中に娘一人が加わった志保井親子の場合は、茂右衛門が数年前に軽い卒中を患っていて、日常生活に不自由がないまでに回復しているものの、やはり一人きりで参加するのは心もとないと、娘が付添うことになったものであった。

もっとも、この一行で一番、年が若いのが高橋新左衛門の三十二歳で、あとは四十代が一人、五十代が二人、残りは六十代ばかりで、二十五歳になるお妙が、殊更、足手まといになる心配はまるでなかった。

もとより急ぐ旅ではなく、両国橋を渡って神田川沿いに昌平橋まで行き、湯島聖堂を左にみて見返り坂を上り、追分のところで高橋新左衛門と合流した。

新左衛門は根津権現の近くに別宅があって、一行より一日早く深川を出発し、昨夜はその別宅へ泊ったものであった。

追分から先は寺ばかりだが、それも駒込の吉祥寺を過ぎると町家の裏に広々とした田畑が広がって、大名家の下屋敷の塀のむこうに遅咲きの八重桜が散りこぼれるのが眺められる。

吉祥寺の門前の茶店で一服して来たので、一行の足はまことに軽やかで、道端に咲く連翹《れんぎょう》や山吹、李《すもも》の花に目を細めながら、いつの間にか飛鳥山で、ここの扇屋という料理屋が深川八郎右衛門の知り合いなので、とりあえず、そこへ立ち寄った。

まだ、昼食には早いし、くたびれてもいないと、手荷物を扇屋へおいて、王子権現へ参詣に行った。

夏は涼みがてらの参詣客や滝に打たれに来る信者で賑わう境内も、今頃はまだひっそりとしている。

よく晴れた日で、小手をかざすと春霞のむこうに筑波山がかすかに見える。

「ちょうど穴場の季節でようございました。少し前だと、飛鳥山の花見で、ごった返していたでしょうし、もう一月の余もすると川遊びやなんぞで人が寄ります」

扇屋から案内旁ついて来たお内儀《かみ》が、閑静なあたりの風景を眺めて、世辞とも弁解ともつかない挨拶をした。

お詣《まい》りをすませ、扇屋へ戻って昼食にかかると、昼だが遠出の気分で酒も進み、お妙をのぞく全員が、かなり酩酊《めいてい》した。

なかでも病気以来、酒を断っていた志保井茂右衛門はすっかり酔ってしまって、これから川口まで行くのが億劫《おっくう》になったらしく、

「申しわけないが、わたしはここで昼寝でもさせてもらいますよ。皆さんは川口から舟で深川へお戻りなさるだろうが、わたしも娘も、どうも舟は苦手だし、いっそのこと、駕籠《かご》でぼちぼちと戻ります。折角、ここまで来たのだから、お妙は、わたしの分もお詣りをして来ておくれ。お前が戻ってくるまで、扇屋さんで休ませてもらっているから……」

といい出した。

「だから、お酒はやめておきなさいといったのに……」

お妙は同行の人々の手前、父親を叱ったが、病気をしてから、はじめての遠出でもあり、まして善光寺の周辺はかなりの人出だと思われるので、そうした混雑の中で、もし父親が具合でも悪くなってはと判断した。

「本当に、勝手を申してあいすみません」

父親ともども頭を下げる娘に、名主達は手を振った。

「いやいや、それは茂右衛門さんがいう通りだ。ここまで来て、王子権現にもお詣りしたのだから、それ以上の無理をすることはない。扇屋でゆっくり休んで深川へお戻りなさるがいい」

高橋新左衛門がいった。

「幸い、わたしは善光寺の参詣が終ったら、その足で川越へ行くので、板橋の宿までお妙さんを送って来ましょう。それなら、親父様も御心配なさるまい」

新左衛門が善光寺詣《もう》でのあと、川越へ行くのはみんなが知っていた。

もともと、高橋家は川越の出身で、新左衛門の女房の実家も川越である。

高橋家は川越にかなりの田畑を所有していて、小作人も多いので、年に何度も江戸から川越まで出かける用事があるということも、名主達は承知していた。

川口の善光寺から川越へ行くには、板橋まで後戻りをして本街道から入るのがなにかと便利でもあった。

それで、みんなは、

「それがよい。それで、私達も安心だ」

と口々にいったが、その口ぶりには少々、くすぐったげな気分もまじっていた。

それというのも、新左衛門は深川きっての男前で、人柄も大人しい。金はあるし、若いのに町役人をつとめるくらいだから、どこへ行っても女にもてる。

一方、志保井家のお妙もなかなかの器量よしだが、母親が早く死んだのと、父親の病気などで、つい婚期を逸していた。

もし、新左衛門が独り者なら、けっこう似合いの二人だが、あいにく、新左衛門には女房がいる。世の中、ままならぬものだと、茂右衛門が親しい仲間に愚痴をいったりしたことがあるからであった。

しかも、新左衛門の女房は評判のやきもち焼きで、その上、夫婦の間に子供がない。

新左衛門は一人息子なので、高橋家の親類はなにかにつけて、さきゆきを心配しているという実情も、この名主達の耳に入っていた。

加えて、お妙が新左衛門に好意を持っているのは誰の目にも明らかであった。新左衛門のほうも彼女に優しいし、よく話し相手になってやっている。

そうした点をひっくるめて、人々は新左衛門が板橋まで送るといった時の、お妙の反応をみて、ほほえましいような、少々、妬《や》けるような複雑な感情を抱いたのであった。

なんにしろ、すでに昼はとっくに過ぎて、下手をすると八ツ（午後二時）近くになる。

茂右衛門の世話を扇屋のお内儀に頼んで一行は王子を発った。

もっとも、ここからはたいした距離ではない。

王子村から十条村までは見渡す限りの菜の花畑、麦畑で、雲雀《ひばり》の囀《さえず》りの中を赤羽根村へたどりつき、茶店で一息ついてから川口へ向った。

参詣人はこのあたりから急に混雑しはじめた。岩淵村へ入ると両側には開帳の人出をあてにして露店が並び、土産物や土地の産物を売ったり、団子や饅頭、甘酒売りが通行の人にやかましく声をかけている。

「こりゃあ、茂右衛門さんを扇屋へおいて来たのはようございましたよ。こんな人ごみに揉まれたら、年寄りはたまったものじゃありません」

突きとばされないよう、ころばないようにと若い者が老人をかばいながら、荒川に新しくかけられた橋を、一人三文ずつ払って渡ると、もう善光寺の大門であった。

並木のところには芝居小屋や見世物小屋が軒をつらね、茶屋では前垂姿の若い女が愛敬をふりまいている。

境内は更に沢山の人であった。

本堂の中も押すな押すなで、一行は漸《ようや》く開帳の秘仏をおがみ、人に押し出されるようにして裏門へ来た。

そこで、新左衛門とお妙は、一行と袂《たもと》を分った。

名主達は荒川べりから、舟で江戸へ帰ることになって居り、

「それでは、また、深川でお目にかかりましょう。お気をつけてお帰りなさい」

たがいに挨拶をくり返して、混雑を避け、裏道をたどって板橋のほうへ向う若い二人を見送ったのだったが、

「それがこの世の見おさめって奴になっちまったわけでして……」

長寿庵の長助が、大川端の「かわせみ」へやって来て、なんとも情ない、しかめっ面《つら》をした。

聞いているのは、講武所から帰って来たばかりの神林東吾を中心に、るいに、お吉に嘉助といったお馴染の面々。

「はっきりして下さいよ、親分、いったい、どっちが見おさめになったんです」

と、相変らずのせっかちな女中頭のお吉。

「どっちって、そいつは……」

「名主さん達の乗った舟が、ひっくり返ったんですか」

「とんでもねえ。舟のほうは無事で……」

「新左衛門とお妙に間違いがあったのか」

東吾にいわれて、長助が大きく合点した。

「そいつが……その、心中しちまったんでございます」

お吉がひえっと大声を出し、長助が慌てて制した。

「あいすみません。順を追って申しますんで……もう少々、ご辛抱を……」

扇屋で娘の帰りを待っていた茂右衛門だが、夕方はおろか、夜になってもお妙が戻って来ない。

「扇屋のほうでも心配しまして、板橋の宿まで若い衆をみにやったりしたんですが……」

夜更けになっても、お妙は来ない。

「結局、茂右衛門は扇屋に泊りまして、朝一番に使《つかい》を深川へやりました」

なにかで、娘がみんなと一緒に舟で深川へ帰ったのかと思ったのだが、その使も一向に戻らない。たまりかねて、茂右衛門は駕籠で深川へ向ったが、途中で使と一緒にやって来た深川八郎右衛門と出会った。

訊ねてみると、お妙は家へ帰っていないし、高橋新左衛門のところへ行くと、勿論、新左衛門も帰宅していなかった。

「もっとも、こちらは、川口から川越へ行くことになって居りましたんで、お内儀さんも別に驚いちゃ居りません」

それでは、もしや、お妙が新左衛門について川越へ行ってしまったのかと、今度は川越へ使をやろうといっているところへ、扇屋から知らせが来た。

「王子から赤羽根村へ出る途中に、庚申堂《こうしんどう》があるんだそうで、その中で新左衛門とお妙が心中しているってんで……茂右衛門さんは腰を抜かしました」

「なんで心中とわかったんです、遺書でもあったんで……」

腕を組んで耳をすませていた嘉助が訊《き》く。

「それはその、死んでる恰好が、誰がみても無理心中なんで……」

お妙は肩先を背後から切られ、正面から胸を突かれて絶命しているし、新左衛門のほうは、腹を一突き。

「死に切れなかったんでしょうか、短刀を逆手に持って咽喉《のど》を突いたようでして……」

その短刀には木綿の布を幾重にも折ったのをぐるぐる巻きにしてあって、血のりで手がすべらないようにしてあったという。

「あっしと畝の旦那が王子へ行って来たんですが、その折、新左衛門の家の手代の庄二郎というのがついて来まして……そいつが申しますには、高橋家に伝わっている短刀だったってえんです」

「源さんはどこにいるんだ」

「死骸と一緒に深川へ帰ってお出《い》でで、只今は新左衛門の家のほうじゃねえかと思います」

東吾が太刀を取って立ち上った。

「心中なら、なんてことはねえが、源さんがわざわざ、長助親分をよこしたのは、合点の行かねえところがあったからに違いねえ」

ちょいとのぞいて来ると、素足に雪駄《せった》をつっかけた東吾へ、るいはもうすっかり板についた手つきで、切り火を打った。

「お気をつけて、お早くお帰り遊ばせ」

二

小梅五ノ橋町の高橋家では、かけつけて来た名主仲間の手で通夜の仕度が始まっていた。

商売屋ではないので、家屋そのものは小ぢんまりしているが、敷地はゆったりしていて藤棚や、川から水を引いた池などがあり、そのむこうに茶室風の離れがみえる。

畝源三郎は玄関脇の小部屋で若い男と話をしていた。長助と一緒に入って来た東吾をみて、二人にだけ通じる会釈をした。

「手代の庄二郎です」

源三郎の前にいる男を、長助が低声《こごえ》で教えた。

二十四、五だろうか、小柄だが器量は悪くない。ひどく疲れ切った様子なのは、新左衛門の死体を引き取りに王子まで往復したせいとみえた。

「どうにもこうにも信じられません。悪い夢をみているようで……」

愚痴っぽく呟《つぶや》くのをみて、東吾が声をかけた。

「ここの旦那と志保井家の娘がいい仲だってのを、あんたは知っていたんだろうな」

庄二郎は東吾をみて、慌てたようにかぶりを振った。

「滅相《めっそう》な……左様なことは存じません」

「かくすことはない。どっちにしたって、二人は心中しちまったんだ」

「いえ、それが、本当に知らなかったのでございます。たしかに、深川の名主の家同士でございまして、志保井様とはおつき合いもあり、殊にあちらの旦那が御病気の間は、お妙さんが代理で町役人の集りにも顔を出してお出でだったときいて居りますから、うちの旦那とも口をきくくらいのことはあったに違いありませんが、いくらなんでも心中だなんぞということは……」

「お妙との仲が女房にばれて、責められていたんじゃないのか」

「そんなことはございません。御新造さんはまるで寝耳に水で、知らせを受けました時はなにかの間違いだと……」

「御新造さんは、どこにいる」

「離れで休んで居ります。二、三日前から血の道で寝込んでいらっしゃいまして、そこへ、このさわぎでございます。先程、かかりつけの英斉先生がお薬を調合して下さいましたが……」

そこへ若い女が遠慮がちに入って来た。

「申しわけございません。皆さんが兄さんのお通夜の打合せをするので、庄二郎を呼ぶようにと……」

源三郎がうなずいて庄二郎にいった。

「行くがいい」

そそくさと庄二郎が立ち上り、そのあとに若い女が続こうとした。

「お前、ここの旦那の妹か」

女がすわり直して、丁寧に頭を下げた。

「はい、光《みつ》と申します」

長助が傍からそっとつけ加えた。

「先代の……その……外に作りなすったお嬢さんで……」

妾の子という意味であった。

「あんたも、この家に住んでいるのか」

「いえ、私は根津のほうの家に、母と一緒に暮して居ります」

「するってえと、新左衛門が、一日早く深川を出て根津の家へ泊って、それから川口の善光寺へ出かけたっていうのは、あんたの家のことか」

「左様でございます。兄さんは十二日の夕方に私どもへ参りまして、おっ母さんといろいろ話を致しまして……」

「話ってのは、なんだ」

お光がうつむき、目頭を押えた。

「私の縁談のことでございます」

「すまないが、そいつをくわしく話してくれないか。どうも、今度のことは心中というにしちゃあ平仄《ひょうそく》が合わねえんだ」

はっとしたようにお光が顔を上げ、東吾のほうへにじり寄った。

「兄さんが心中なんかする筈がありません。それだけはあたしもおっ母さんも……」

「だから、その理由《わけ》を話してくれないか」

お光はちらと障子のむこうの座敷をうかがった。さっきまでそのあたりで右往左往していた人々は、通夜の相談をはじめたのか、奥の座敷のほうへ行ってしまって、がらんとしている。

「申し上げますでございます」

お光は決心したように、東吾へ向き直った。

「兄さんが根津へ来ていうには、深川八郎右衛門さんのところから、あたしに嫁入りしないかと……悴《せがれ》さんの長之助さんの嫁に欲しいとお話があったと……それで、あたしの気持とおっ母さんの意見をききたいといってくれました」

「お前は、行ってもいいと返事をしたんだな」

娘の表情をみて、東吾がいった。

「おっ母さんも願ってもない縁談だといってくれましたし……あたしも長之助さんなら満更、知らない仲でもないので……」

「新左衛門は、なんといった」

「とても喜んでくれました。川口の善光寺さんへお詣りしたあと、今年の作《さく》づけのことで川越へ行くけれども、帰ってきたら、早速、あちらへ正式の返事をして、結納のことなど決めようと……。そんな話をした兄さんが、どうして心中なんかするものですか。誰かが、誰かが、きっと……」

「誰が、どうしたと思うんだ」

お光は青ざめ、肩を慄わせた。

「わかりません。でも、兄さんがお妙さんに無理心中をしかけるなんて……そんな馬鹿なことがあるわけがないんです」

「お妙はどうだ。お妙のほうから無理心中ってのは……」

激しくお光が首を振った。

「お妙さんはたしかに兄さんを好いていましたけど、でも、あの人は親孝行だし、あの人に兄さんを殺せる筈がないです」

東吾が苦笑した。

「あんたのいう通りだ。もう、むこうへ行っていいぞ。おっ母さんが心配して見に来ている」

障子のむこうに四十そこそこだろうか、どこか粋な感じの女がこちらをのぞいていたが、戻ってきた娘をみると、揃って奥へ去って行った。

「なにしろ、新左衛門の女房が寝たっきりなので、あの母子が通夜をとりしきることになるでしょう」

源三郎がいい、東吾が訊いた。

「あの二人は、最初から根津の別宅で暮していたのか」

女中に指図をしている声の様子からして、どうも、そうではなかろうと東吾が思った通りで、

「先代の旦那の本妻が歿《なくな》ったあと、母子でこの家へ移りまして、新左衛門ともうまくつき合っていたそうです。別居したのは、新左衛門が女房をもらってからでして……」

自分の縄張り内のことで、長助の舌は滑らかであった。

「新左衛門の女房というのは、どこから来たんだ」

「川越の、そうたいした身分じゃないようですが、お侍の娘なんだそうです。先代の旦那がとりきめた縁談で……」

「器量よしか」

「川越小町っていわれてたって話で……まあ、しっかりした感じの御新造で……」

「子供がないんだな」

「かれこれ、十年近くになりましょうか。こればっかりは、神さまの授かりもので……」

「新左衛門に女はいないのか。女房に内緒で囲っているような……」

「もてるって噂ではございますが、妾がいるような話は聞いていません。なにしろ、御新造がやきもちやきなんで……」

源三郎がくすりと笑った。

「昔の、どなたかさんと少々、似ているようで……」

「なにいってやがる」

長助が亀のように首をすくめ、男三人は小部屋を出た。

猿江町の志保井家へ廻ってみようと門を出ると、ちょうど深川八郎右衛門と悴の長之助が弔問に入って行くのとすれ違った。

「長之助というのは、なかなか感じのいい男のようだが、お光との縁談はどうなるかな」

川っぷちを歩きながら東吾がいい、源三郎が暗い表情になった。

「難しいでしょうな。今のところ、形の上では新左衛門がお妙を殺して自殺という恰好になっていますそういうことをしでかした男の妹となると……同じ、深川内の名主仲間としては二の足をふむのではありませんか」

猿江町の志保井家では通夜がはじまっていた。

茂右衛門は泣くのも忘れたように茫然とすわり込んで居り、弔問客も慰める言葉がないようであった。

東吾達が外に立っていると、勝田次郎助がこっちをみかけて近づいて来た。

亀戸の名主で、東吾も面識がある。

「善光寺まいりが、とんだことになりまして」

泣かんばかりの顔で、次郎助が訴えた。

「茂右衛門さんがお気の毒で、とても傍には居られません」

「新左衛門の様子はどうだったんだ」

東吾が訊いた。

「往きの道中、どこか怪訝《おか》しな素振りはなかったのか」

そんな様子はまるでなかった、と次郎助がいった。

「仮にも無理心中をしようという者が、昼飯をみんなと同じように食えますか。第一、八郎右衛門さんの話だと、王子権現で二人だけになった時、お光さんの嫁入りのことをよろしくお願い申しますと、そりゃあ嬉しそうに挨拶したというんです。仮にお妙さんと惚れ合っていたにしろ、心中することはない。そういっちゃあなんですが、今の御新造さんとは十年連れ添って子供が出来ないんです。御新造さんにはお気の毒だが、どうしてもお妙さんと夫婦になりたけりゃ、御新造さんを離別するってことも出来なくはありません。お妙さんにしたって、病み上りの父親を一人にして嫁入りは出来ないでしょうし、なにも今日明日、どうこうするって話じゃないんですから……」

「お妙のほうはどうだったんだ。思いつめている様子だとか……」

「とんでもない。久しぶりの遠出でございますし、新左衛門さんとは話も合うらしく、そりゃあ楽しそうでございました」

ここでも、無理心中など考えられないという証言にぶつかった。

「源さん」

長寿庵まで引き揚げて来て、東吾が念を押した。

「二人の死んでいた状況は、無理心中のようだったんだな」

源三郎が重く顎を引いた。

「左様です。お妙は右の肩先を切られた上に、左の乳房の下を突かれてうつ伏せになっていました。その前に向い合った恰好で、新左衛門が自分の腹と咽喉を切って、これもうつ伏せに……」

「短刀はどこにあった」

「新左衛門の右手の近くに落ちていました」

無論、彼の手も血まみれになっていた。

「形の上では、無理心中だな」

「ですが、先程、次郎助も申しましたように、善光寺へ出かけた一行の者は口を揃えて、二人の様子に不審はなかったと申して居るのです」

少くとも、善光寺に参詣し、岩淵村の渡しの近くで別れるまで、新左衛門とお妙は仲むつまじく、陽気ですらあったというのであった。

「板橋へ行く道中に、二人の間になにかがあったと考えるべきなのでしょうか」

源三郎の言葉を東吾が否定した。

「とすると、短刀が怪訝しくないか」

道中の要心のためなら脇差をさして行くだろうと東吾はいった。

「そのことなのですが、手前も不審に思って、名主達に訊ねてみました」

善光寺まいりの一行は、誰も脇差を腰にしていなかった。

「日帰りの旅のことで、普段、持ちつけない重い刀をさして行く気にはならなかったと申しまして……」

新左衛門が無腰だったのは、みんなが承知している。

「すると、短刀は懐中にでもかくし持って行ったのか」

おまけに短刀で人を突いたりした時、血で手がすべらないようにと、木綿の布を柄《つか》の部分にぐるぐる巻きにしてあった。

「そんな仕度は急には出来ない。どう考えても、あらかじめ人を殺そうと考えて用意して行ったとしか……」

「とすると、板橋へ向う途中、急にお妙が別れ話でもして、新左衛門がかっとなってという推量は出来ませんな」

黙って聞いていた長助が目を白黒させた。

「するってえと、いってえ、どういうことになりますんで……」

「二人が心中とみせかけて殺されたってのはどうなんだ」

金めあての行きずりの殺人なら、そんな厄介なことはしない。

「短刀は、高橋家のものだといったな」

もし、新左衛門が短刀を持って出かけなかったと考えると、下手人がそれを用意して来たことになり、

「高橋家の人間があやしくなって来るが……」

新左衛門が死んで得をするのは誰かと東吾がいい、長助が気の進まない調子で答えた。

「まあ、妹のお光でしょうか……」

「やきもちやきの女房はどうだ」

源三郎が笑った。

「新左衛門が死ねば、子のない女房は実家へ帰るしかないでしょう。それに、殺人の場所は江戸から遠いのですよ。血の道を起して深川の家で寝ていた女房が、どうやって板橋の先まで行くんです」

おまけに新左衛門がお妙と二人で、善光寺から板橋へひき返すことになったのは、飛鳥山の扇屋を出発する時にきまったもので、最初からの予定ではなかった。

「とにかく、源さんと長助は、もう一ぺん、高橋家の内情を洗い直してくれ。俺は明日、女房と水入らずで善光寺へ行ってみる」

源三郎が思わず大きなくしゃみをした。

三

畝源三郎が深川八郎右衛門に書かせて来た道順通りに、東吾はるいをつれて大川端を出かけた。

高曇りの天気だが、気温はあたたかで少し歩くと汗ばむほどである。

「まさかと思いますけれど、お妙さんに赤ちゃんが出来ていたなんてことはないのでしょうね」

甲斐甲斐《かいがい》しい草鞋《わらじ》ばきで東吾と肩を並べながら、るいがいい出した。

「お妙に、子供が出来たから女房を離縁して夫婦になってくれとせがまれて、新左衛門がお妙を殺したっていうのか」

「いい争いになって、思わず殺してしまって、申しわけに自害したというのはどうでしょう」

「そうすると、短刀はやっぱり、新左衛門が持って来たことになるんだな」

白木綿をぐるぐる巻きつけていたのが気に入らないと東吾がいった。

「手拭か何かなら、まだ、わかるんだ」

「白木綿の布に、短刀をくるんで懐中に入れていたのでは……」

「そういうこともあるかなあ」

春の道は殺伐な話に不似合いであった。

どこからか花の匂いが漂ってくるし、旅の目的がなんであれ、るいは二人きりで出かけたことに浮き浮きしている。となると、東吾もすっかり甘い亭主になって、人通りがないのを幸いに、るいの手をひいて歩いている。

飛鳥山の扇屋で昼食をとり、ついでに店の者や内儀の話をきいてみたが、これといって新しい発見もなかった。

岩淵村からは参詣人で混雑するのも、名主の一行と同じで、ともかくも善光寺へ参詣し、帰りがけに、るいは川口の名産の鋳物《いもの》を売っている店をのぞいている。

「おい、あんまり変なものを買うなよ。どうせ、俺が持って帰ることになるんだから……」

東吾の声に、るいが首をすくめた。

「帰りはお舟じゃないんですか」

「残念ながら、肝腎の殺し場は、まだみていないんだぞ」

「まあ、怖い」

笑い合いながら川っぷちまで戻って来ると、渡し場に舟が着いていて、参詣を終えた人々が次々と乗り込んでいる。

茶店で聞いてみると、江戸からの参詣人の中《うち》、帰りは舟というのが、けっこう多いという話であった。

たしかに、帰りなら荒川を下るわけで舟足も早いし、居ねむりをしていても江戸へ着いてしまう。

「まだ川風がちっとばかり冷てえが、天気がよけりゃあ、それほど苦にもなりますまい」

甘酒を運んで来た茶店の婆さんが川を眺めていった。

再び橋を渡って、東吾とるいは板橋への道を戻った。

庚申堂は道からちょっと入った林の中にある。格子には庚申講の身代り猿の赤い縫いぐるみがいくつもぶら下っていて、その中で血なまぐさい惨劇が行われたとは信じられないようなのどけさである。

「こっちは、あまり人通りがないのだな」

東吾が呟いた。

板橋へ行く道は庚申堂のある林の手前で二つに分れている。

こちらは村道であった。地元の者ぐらいしか通らない。

「あそこまでは、善光寺から一本道だ」

もし誰かが善光寺で待ち受けていて、新左衛門とお妙を尾行して来たとすると、この村道へ入れば、殆《ほとん》ど人通りはなくなる。

林の中の庚申堂附近は尚更であった。

「心中か、人殺しか、そこが思案のしどころか」

東吾が呟き、るいがいった。

「もし、人殺しだとしたら、下手人は着物を着がえたんでしょうか」

二人も人を殺せば、下手人も血まみれになる。

「この近くに家があれば別ですけれど、どこかへ帰るなら、血だらけの着物では歩けませんね」

まだ、夜にはなっていなかった筈である。

街道は人通りがあるし、村道のほうを行けば百姓家にぶつかる。

「下手人は着替えまで用意して来たってことか」

「着替えた着物はどうしたんでしょう」

血まみれの着物を迂闊《うかつ》には捨てられない。

「穴を掘って埋めるか、それとも……」

林の中を夕風が吹いた。

「帰りは舟にするか」

るいにいい、東吾は岩淵村まで戻った。

荒川を下る舟は思った以上に早かった。

浅草花川戸の河岸で舟を下り、るいを駕籠で帰しておいて、東吾は本所から深川へ入って来た。

積荷のかげに風をさけて、東吾はるいの肩を抱いて暮れて行く対岸の景色を眺めた。

「ここへ来いよ」

今日は高橋、志保井の両家とも野辺送りが行われた筈である。

小梅五ノ橋町の近くまで来ると、長助が隣町の名主の大塚庄八と立ち話をしている。

「なにかあったのか」

近づいた東吾に、弱り切った表情を向けた。

「今日のとむらいに、ちょいと、揉め事がございまして……」

大塚庄八も額に皺《しわ》を寄せた。

「御新造さんも、新左衛門さんがあんなことをしでかして気が立っていなさったんだろうが、仮にも血の続いた妹さんを出入り差し止めというのは穏やかではない」

新左衛門の葬式が始まる前に、女房の富世が、お光とその母親のお浜に対して、今後、高橋家本宅へ来るのは遠慮してもらいたいと切り口上で申し渡したというのであった。

「御新造さんにしてみれば、自分が寝ている中に、通夜や葬式の段取りを、お光さん母子が皆さんと相談してとりきめたというのが、よくよく腹が立ったんでござんしょうが、なんといっても、御当人は血の道でひっくり返ったきり離れから出て来なかった。仏さんをそのままにしておけませんから、御近所の衆も御親類もお光さん母子をあてにするしかねえんで、それをとやかくいわれたんじゃ、立つ瀬がありません」

長助の口ぶりも、未亡人に非難がましいものがあった。

どんな御新造なのか。他《よそ》ながらみておきたいという東吾を案内して、長助は高橋家へひき返した。

野辺送りから戻って、仏壇に経をあげていた僧が帰るところで、富世は門のところへ出て礼をいっている。

「いい女じゃないか」

というのが、遠くから眺めた東吾の印象であった。

女にしては大柄なほうだろうが、すらりとした体つきに色気がある。目鼻立ちのはっきりした美人で、それが愁いに沈んでいる分だけ、男心を惹くようなところがある。

僧が帰り、富世が長助に気がついて傍へ来た。

「先程はお恥かしいところをお目にかけ、あいすみません。取り乱して、気持が落ちつきませず、皆様になんと申し上げてよいか」

お光母子にきついことをいったのを後悔している様子である。

「御新造の気持はみんなわかっているだろう。あんまり、気にしないほうがいい」

東吾が慰めるようなことをいい、富世は二人を家へ招じ入れた。

家の中には、もう客はいなかった。東吾は神妙に仏壇へ線香をたむけ、新しい位牌を眺めていると、富世が茶をいれて来た。

「失礼だが、この先、どうなさる」

夫婦の間に子供がない。

「まだ、なにも考えて居りませんが、いずれ、川越の親類とも相談を致しまして……」

声が心細げであった。が、その底に、ほんの僅《わず》かのゆとりがのぞいているのを東吾は感じとった。

「新左衛門どのは、誰かに怨《うら》みを受けているようなことはなかったのか」

穏やかに東吾が訊き、富世が、

「よもや、そのようなことはあるまいと存じます」

と答えた。

「夫は優しい人で、家でも荒い声を出しません。人といさかいを起したという話も聞いたことがございません」

「御新造にはお訊ねしにくいが、外に女があるようなことは……」

「私は、ぼんやり者でございますから……」

目を伏せていった。

「それは皆様とのおつき合いで時折、遊んで帰ることはございましたが、決った女があるようには思いませんでしたが……」

不安そうに仏壇のほうをみる。

茶を飲んで、東吾は高橋家を辞した。

道々、長助に話を訊いたが、高橋家に関して、悪い噂はないという。

「手代の庄二郎さんは川越から奉公に来ていまして、読み書き算盤《そろばん》が達者なので、重宝しているようで……いずれは書役《かきやく》にでもという話もあったそうです」

書役というのは名主の下で町の仕事をするもので、これも町役人という名で呼ばれる。

「商売屋ではございませんので奉公人は少くて、他には女中が一人いましたが、先月の出代り時に暇を取って嫁に行きまして、そのあと、川越から新しい女中が来ることになっているそうですが、体を悪くしたとかで、まだのようです」

「すると、あの御新造が一人で掃除だの洗濯だのをやっているのか」

「いえ、近所の百姓の婆さんが通いで手伝いに来ているんで、まあ水仕事なんぞはやってくれるといいますから……」

家もそれほど広くない。

「ここらの名主の家は大方、そんなもので、深川八郎右衛門さんのところなんぞは別格ですが……」

差配している町も、深川家が八町に及ぶのに、他の名主はせいぜい一町か二町であった。

「新左衛門さんのところは小梅五ノ橋町だけの名主でございますから……」

町内に厄介事があったとも聞かないと長助はいう。

「それから、夫婦仲ですが、こいつも特に悪いという評判はきいていません。子供がねえといっても、それは世間によくあることで……」

東吾が朗らかに笑った。

「俺んとこみたいに、仲がよすぎて子が出来ねえ夫婦もあるからな」

長助は、ぼんのくぼに手をやっただけで、なんにもいわなかった。

どうも一つ納得出来ないままに、ずるずると日が経った。

長助が「かわせみ」にその話を知らせて来たのは、もう何日かで江戸は天下祭という夕方であった。

「例の高橋家の御新造ですが、赤ん坊が出来ていたんだそうでして……生まれるのはこの秋だって話です」

といういうことは、新左衛門の忘れ形見で、

「気の毒に、御亭主は女房に子供が出来ていたのも知らないで、あの世に行っちまったってことでさあ」

長助がぼやいた。

「秋に生まれるってことは、今、五《いつ》ツ月《つき》ぐらいになっているんでしょうか」

お吉が指を折った。

「御新造さんは気がつかなかったんですかね」

「医者の話だと、前に何度もそういうことがあって、結局、そうじゃなかったもんでして……つまり、今度も本物じゃねえと思っていなさったというんです」

よくあることなので「かわせみ」も納得した。

「赤ちゃんが出来れば、御新造も高橋家にとどまっていられますんで、御親類もやれやれといったところで……」

そんな話を聞いて、更に三日後、東吾は本所の麻生家へ出かけた。

宗太郎が「かわせみ」へ立ち寄って、たまには、義父上《ちちうえ》や花世の顔をみに来て下さい、といったからで、久しぶりに麻生源右衛門の謡《うたい》をきかされて、愛らしい花世の自慢話で耳がたこになり、草団子の土産をもらって小名木川の屋敷から逃げ出したのが夕刻、といってもこの季節、まだ充分に明るさの残っている道を戻って来ると、とある寺の門の

ところに女が三人立っていた。

お光と、その母親の二人まではわかって東吾は相手の会釈を受けた。

「墓参か」

といったのは、その場所が寺だったからだが、返事をきくとやはり高橋家の菩提寺とのことであった。

「小梅五ノ橋町の家へは参れませんので……」

という。相変らず、新左衛門の未亡人とはうまく行っていない様子であった。

「あんた達は知っているのか、新左衛門の子が秋に誕生するというのは……」

東吾の言葉に、三人がええっと叫んだ。

「富世さんが産むというのでございますか」

漸《ようや》く、お光がいった。

「医者が診て、間違いないといったそうだから、本物なんだろう」

「そんな馬鹿なことが……」

小さく、お浜が叫んだのを、東吾はききとがめた。

「何か、不審なことでもあるのか」

お浜がお光の顔をみて、それから、東吾を寺の内側に誘った。寺の境内の片すみに、藤棚がある。藤を眺める人のために縁台が二つばかり置いてある。

「こんな所で、なんでございますが、新左衛門さんに子供の出来る筈がございません」

お浜が思い切ったことをいい出した。

「私は、歿《なくな》った、新左衛門さんのおっ母さんから聞いたのですが、新左衛門さんは子供の時に患った病気のせいで、子供が出来ないとお医者にいわれているとかで……」

東吾は、あっけにとられた。

「そのことを、新左衛門は知っていたのか」

「はい、ですから、こちらの染吉さんといい仲になっても、子供が出来ないのが残念だと、よく申しまして……」

ひっそりとうつむいていた女が、かすかに頰を染めた。

「あんたが新左衛門の恋人か」

「申しわけございません。御新造がやかましいので、お浜姐《ねえ》さんが根津の家で逢うといいといってくれまして……」

「成程、新左衛門が根津の家へ出かけていたのは、そういうことか」

妹の家で女と逢う分には、女房の目もごま化せる。

「兄の恥になることと思って、今まで申し上げませんでしたが、兄の話では、富世という女は腹の中が知れない、なんというか、女房なのに、心から馴染めないと申して居りました。それに、あの……」

お光が母親に救いを求め、お浜が年の功で、はっきりいってのけた。

「新左衛門さんは、もう、かなり長いこと、富世さんとは夫婦らしいことがないと……」

それは染吉という愛人の手前、いったことかも知れないと東吾は思ったが、口には出さなかった。

「あんた達、もとは柳橋か」

お浜を染吉が姐さんと呼んでいる。芸妓とすると、お浜が四十近くになっても粋で、垢《あか》抜けているのと辻褄《つじつま》が合う。

「私達は浅草でございます」

という返事であった。

女達と別れて、東吾は麻生家へひき返した。

宗太郎に訊いてみると、

「それは、多分、おたふく風邪といわれている奴でしょう。たしかに男の子がこれの重いのにかかると、子種がなくなることがあります」

とすると、富世がみごもっているのは、新左衛門の子ではない可能性がある。

東吾の話を、畝源三郎は腕を組んで聞いた。

「東吾さんは富世をお疑いですか」

「短刀がひっかかるんだ。あの御新造は侍の娘だそうだが……」

富世に不倫の相手がいるなら、そっちも疑ってかからねばならない。

「よもやと思うが、もし、富世なら、どうやって新左衛門に追いついたか、だ」

明け六ツ（午前六時）に出発して行った名主一行を追い越して、善光寺の近くで待ち伏せをし、尾行して殺したと考えるなら、である。

「それと、名主達が善光寺へ出かけた十三日に、富世が間違いなく家にいたかどうか」

「早速、長助に調べさせましょう」

「ちょいと男前の手代がいたな、庄二郎といった。あいつのいうことは信用しないほうがいいかも知れぬ」

「富世の相手ということですか」

「一つ家にいるんだ。同じ、川越の生まれだろう。もしかするともしかするかも知れないな」

「気をつけましょう」

翌日、長助が報告に来た。

「高橋家に手伝いに行っている婆さんですが、いつも、朝の五ツ（午前八時）すぎに行って、昼には一度、帰ります。それから飯を食って、また出かけて行って、暮れ方まで働いているそうですが……」

肝腎《かんじん》の四月十三日は、

「御新造は血の道をおこして離れにひきこもっていると庄二郎がいったそうです」

「婆さんは、富世の顔をみていないんだな」

「血の道をおこした時は気が立っているんで近づかないほうがいいんだそうでして……」

「婆さんが富世に会ったのは……」

「十三日の暮れ方、台所で飯を炊いていると、富世が奥から出て来て、御苦労さんといったそうです」

源三郎がいった。

「東吾さんが舟で善光寺から戻られたのは、けっこう早かったですな」

「花川戸の河岸へ七ツ（午後四時）すぎだった」

「富世にしても、暮六ツ（午後六時）までには家へ帰れるということでしょうか」

庚申堂で新左衛門とお妙を殺して、川口から舟で帰った場合である。

「帰りはなんとかなるが、往きはどうなんだ」

いいかけて、東吾はあっといった。

「俺としたことが、新左衛門が前夜から根津へ行っていたのをうっかりしたよ」

庄二郎を抱きこめば、富世は前日から深川を出かけることが出来る。

「もっとも、新左衛門が深川を出かけたのは、十二日の夕方だな」

「夜舟がありますよ」

源三郎が勢い込んだ。

「花川戸から夜更けて川越へ向う舟が出ています」

川越へ着くのは、翌日の朝である。

「岩淵村のところを通るのは、夜明け前ですが、なにも岩淵村で下りなくとも、川越まで行って戻って来ても、充分、待ち伏せは出来ます」

　富世が不倫を働いてみごもった。なにかで夫には子が出来ないことを知って困惑したあげくという理由は容易に考えられたし、舟を使っての善光寺往復も可能なのだが、如何にせん、証拠がなかった。

「手代の庄二郎が御新造の相手ってのは、どんなものでしょうか、あいつは暇を取って川越へ帰りたがっていたと、婆さんはいっていましたが……」

　長助がいい、それがなにか新しい事件をひき起すのではないかという気がしたが、東吾にしても、どうしようもない。

　富世が庄二郎を殺し、自分も咽喉を突いて死んだのは、天下祭の当日、高橋家の離れであった。

　残されていた富世の遺書には、庄二郎が理不尽なことをしかけて来たので成敗した。自分もこの世を生きるのぞみを失ったので、夫のあとを追う、と書いてあった。

「庄二郎がくどいたか、富世が誘ったのか知らないが、二人がいい仲だったのは間違いないだろう。富世は亭主を殺し、腹の子を亭主の子だということにして高橋家を自由にし、庄二郎との仲も続ける気でいたんだろうが、男のほうはだんだん怖ろしくなった。庄二郎が自分を捨てて逃げようとしたので、下手をすると新左衛門とお妙殺しを密告されるかも知れないと思って、庄二郎を殺したんだろう」

　四月十三日の善光寺まいりは早くから決っていたことで、富世のほうは充分に計画を練った犯行に違いなかった。

「川越育ちの富世は、荒川を往復する舟にくわしかったんだ」

板橋へ戻る新左衛門とお妙を庚申堂の近くで呼びとめて、まず新左衛門をお堂の中へつれて行き殺害し、続いてお妙を同じ所へ伴って殺して心中とみせかけたのだろうと源三郎は推量している。

それにしても、女は怖いと首をすくめた東吾に、源三郎がささやいた。

「とかく、もてる男は要心が肝要ですな」

天下祭が終って、江戸は夏である。

百千鳥《ももちどり》の琴《こと》

一

梅雨の入りかと思うようなしとしとと降りが四日ばかり続いたあとに、抜けるような青空が広がった。

からりとした上天気にもかかわらず、気温はあまり高くもなく、吹く風はさわやかで、

「なんだか、夏を通り越して秋が来ちまったみたいですねえ」

と「かわせみ」の女中頭、お吉が暖簾《のれん》越しに表を眺めているところへ、一人の尼僧が近づいて笠《かさ》を取った。

「お久しぶりでございます、お吉さん」

会釈をされて、

「まあ、和世様、いえ、あの……」

「和光尼でございます。おるい様は御在宅でしょうか」

「はい、はい、どうぞ、お上り遊ばして……番頭さん、五井様のお嬢様ですよ」

あたふたと取次に走って行った。

帳場から嘉助が出て来て挨拶をしている中《うち》に、奥からるいが顔を出し、草鞋《わらじ》の紐をお解きして、それ、おすすぎをと、手を取るように居間へ案内した。

お吉が、五井様のお嬢様、と呼んだその尼僧は、五井和世といい、父親はその昔、西の丸御書院番を勤めていた。

るいとは、その時分、高柳春芳という琴の師匠のところの同門で年齢も一つ違い、気が合って親しくつき合っていた。

和世との縁は、それだけではなく、和世の兄の兵馬というのが神林東吾と剣を一緒に学ぶ間柄でもあった。

だが、兵馬には生まれつき、短気で無分別なところがあり、父親の死後、親類と揉《も》め事を起し、結局、家督を継げなくなって浪人し、最後は盗賊の一味に加わり、追いつめられて自殺した。

和世は兄の悪事を全く知らなかったので、おとがめはなかったものの、世を憚《はばか》る気持が強く、今から二、三年前に、とうとう髪を下して、日暮里の普門寺にある西行庵の庵主となってしまった。

仏門に入った名前が和光尼なのである。

「おるい様、今日は御無心にうかがいましたの」

女友達の気のおけなさで、茶だの団子だの小豆の煮たのだのと、るいが手当り次第に並べたのを嬉しそうに押し頂いて食べながら、和光尼がためらいがちにいい出した。

「なんでもおっしゃって下さいまし、私で出来ることなら、なんなりと……」

「近頃は、お琴のお稽古をしていらっしゃいますの」

意外な問いに、るいは赤くなってかぶりを振った。

「御存じでしょう、私、音曲《おんぎょく》はまるで駄目で、高柳先生からほとほと愛想を尽かされてしまったこと」

実際、るいは琴があまり得手ではなかった。

好きこそものの上手なれ、というように、好きではじめた稽古事ではなかったせいか、一緒に入門した和世が「ひなぶり」からはじめて「黒髪」「六段」と進んで行くのに、るいのほうは、いつまでも「六段」止りで、結局、師匠にことわりをいって稽古をやめてしまった。

それにひきかえ和世は稽古熱心で、おぼえもよく、師匠も教え甲斐があったかきびしく仕込んだので、奥許しの免状までもらい、弟子をとって教えることも許されていたので、兄が死に、一人ぼっちで暮しを立てねばならなくなった時、それが生活を支える助けになった。

「あれっきり、お琴はしまい込んだまま、十何年も弾いたことがありません」

「では、今でもお琴はお持ち……」

「ええ、無用の長物ですけど、捨てるわけにも参りませんでしょう」

「それ、おゆずり頂けませんかしら。ゆずって頂くと申しましても、充分なお礼はさし上げられないのですけれど……」

「ゆずるなんて……御入用なら、喜んで……」

「理由《わけ》を申しますとね」

この春から、事情があって一人の若い女に琴を教えていると和光尼は話し出した。

「おるい様なので、なにもかも申し上げてしまいますが、その方、吉原で働いていたことがあるそうですの。いいお客様に身請けをして頂いて……あの……お妾とかそういうのではなく、御夫婦になられたんです」

色里の女にとっては、幸運なことであった。

「御主人は、櫛《くし》や笄《こうがい》など女の髪道具や印籠とか目貫《めぬき》のような細工物を売り歩く御商売で、よく旅に出られるのです。それで、一人でぼんやり暮しているのももったいないからと」

和光尼の所へ琴を習いに来た。

「子供の頃にいい暮しをなさっていたそうで、お琴もその時分にお稽古をしていたとか、ちょっと復習《おさらい》をしたら、とてもよく弾けるのです。御当人もさきざきはお琴を教えてやって行きたいと……」

「でも、旦那様がおいでなのでしょう」

「その方、お目が悪いのです。まるで見えないわけではありませんけれど、子供の頃から目が弱かったそうで……もし、だんだん悪くなって、御主人が愛想を尽かすようなことがないとは限らない。そうなった時に、細々と食べていけるように……」

「随分、苦労性なお方なのね」

るいは、つい笑ったが、和光尼のほうは真剣な表情をしている。

「でも、人間、一寸先は闇と申しますでしょう」

たしかに、和光尼の今日までの人生を思えば、明日、何があるか知れないと考えるのが本当だろうと、るいは笑ったことを後悔した。

「わかりました。琴はそのお方のお稽古用なのですね」

「やはり、自分のお琴が欲しいようですけれど、この節、なんでも高くなってしまって」

「ようございますとも。喜んで、お役に立てて頂きます」

早速、納戸から琴を運んで来た。

布袋から取り出して琴柱《ことじ》をかけ、和世が琴爪を出して少しばかり弾いてみた。

「いいお琴……お稽古にはもったいない」

「そんな上等のものではありませんよ」

しかし、それは一人娘のために、同心だった父が買ってくれたもので、いわゆる高級品ではないが、柾目《まさめ》の通ったいい品である。

「よろしいの、おるい様……」

和光尼は自分が考えていたよりも立派な琴だったので、ひるんでいる。

「私が持っていても宝の持ちぐされ。生きた使い方をして頂ければ、父も喜ぶと思います」

「それじゃ、お琴をお名残りに一曲、弾かせて頂きます」

和光尼が心をこめて演奏したのは「千鳥」の曲で、それは、るいが好きな曲目でもあった。

「本当にありがとうございます。でも、申しわけなくて……」

礼と詫《わ》びを繰り返す和光尼を、るいは「かわせみ」の若い衆に琴を持たせ、大川の舟宿まで送って行った。

和光尼の庵《いおり》は、大川を上って千住大橋を越え、豊島村の舟着場へ上るのが便利である。

「恩に着ます、おるい様。この通りです」

いずれ、当人も伴って改めて礼に来ると、和光尼は名残り惜しそうに舟の上から手を振り続けた。

「かわせみ」へ戻って来ると、東吾が縁側で足の爪を切っている。

「久しぶりで『千鳥』の曲を聞いたよ。この節は義姉上《あねうえ》も滅多に弾かないからな」

「お帰りになっていらしたのなら、和世さんにお顔をみせてあげればよろしかったのに」

「るいが、女長兵衛をきめてるんだ、俺が顔出したらぶちこわしだろう」

冗談らしく笑っている東吾の肩を軽く袂《たもと》でぶつ真似をして、るいは東吾の心遣いに気がついていた。

るいから琴をもらって行く和光尼に、恥かしい思いをさせないようわざと挨拶に出て来なかった。

「うちの旦那様は、優しいから……」

東吾の手から鋏《はさみ》を取り上げて、るいは夫の足を膝にのせ、要心深く爪を切りはじめた。

二

和光尼が「かわせみ」へやって来た日だけが晴れて、その翌日からいよいよ本格的な梅雨になった。

来る日も来る日も雨だが、気温は上らず時には火鉢に火を入れたいほど冷える。

「こんなですと、田のものも、畑のものも、不作になりゃあしませんかね」

例年なら葛西舟《かさいぶね》が夏の野菜を積んでくるのに、今年は胡瓜も茄子《なす》もまだのようだと、お吉は泊り客の献立に苦労している。

「お江戸は、こんなに旬《しゅん》のものの出廻るのが遅いと思われちゃ癪《しゃく》ですものね」

枝豆も実りが悪いとぶつぶついっているところへ、畝源三郎が東吾とつれ立って来た。

東吾は講武所の稽古帰りで、番町のあたりで出会ったという。

「どうも御用の筋で番町なんぞへ出かける時は、ろくなことはありません」

居間で茶が出て、ほっとしたような源三郎が苦笑した。

「まあ、お名前を出すのは憚《はばか》りますが、さるお大名の家で二百両ほど盗難に遭ったと申すのです」

出入りの商人がその屋敷の奉公人から聞いて、その噂がまわり廻って町方の耳に入った。

「捨ててもおけませんので、今も、手前と氏家光之丞どのが、上屋敷のほうへうかがいました」

大名家は勿論、町奉行所の管轄外だが、外から屋敷に泥棒が入ったなどということになると町方が捜査に加わる場合がある。

つまり、大名家のほうで独自に事件を解決するのは厄介だし、江戸の町に不案内ということもあって捜査を町方に依頼する例も少くはない。

町奉行所のほうでも、上様のお膝許を盗っ人が跳梁するのは江戸の治安が悪いからだと苦情が出かねないので、本腰を入れて賊を検挙しようとする。

源三郎と氏家光之丞がその大名家へ出かけて行ったのも、盗難について詳細を知り、探索の手がかりを得るためであったが、

「御用人が、左様なことはないとおっしゃるのです」

東吾が笑った。

「泥棒なんぞ入っちゃいねえというんだな」

「まあ、それもよくあることなので驚きはしませんでしたが……」

武士の家、殊に大名旗本においては、屋敷に盗っ人が入られたと世間に知れるのは不面目という考え方がある。

まして、盗まれたものが、東照権現様に拝領した家宝だったりすると、これはもう、ひたかくしにかくさなければ、とんでもないことになる。

従って、町方が噂を聞いてやって来ても、泥棒になぞ入られなかったと否定するのが常套《じょうとう》手段であった。

「二百両の他に、なにか面倒なものでも盗まれたのか」

東吾が訊《き》き、源三郎が、ちょうどお吉が運んできた蕎麦がきに目を細くした。

「そうではなさそうです。出入りの者の話でも、手文庫に入れておいた二百両だけと申しているようですから……」

「金だけなら、なにも、そう肩ひじを張ることもあるまいに……」

「御当主が幕閣の重職に復帰なさったばかりなのですよ」

天保十二年、十三年、十四年と老中の座にあって、御改革で退いた。

「十何年ぶりに返り咲いたところなので、不面目になることは、この際、蟻《あり》の穴でもふさいでしまおうというお考えのようで……」

「しかし、源さん、町方は困るんだろう」

大名家を専門に荒す盗賊にしろ、たまたまその大名家へ入ったにしろ、盗賊は捕まらない限り悪事を重ねる。

それを捕える側にしてみれば、被害に遭ったところを調べて、少しでも手がかりが欲しい。それが門前払いの無駄足では、源三郎ががっかりするのも無理はない。

「どうも三人組の盗賊の仕業らしいのです」

昨年あたりから町の噂にもなっている。

「ねらわれるのは富豪と評判の大商人か武士の屋敷で、盗むのは金だけと決っています」

盗まれた金の傍に高価な骨董などがあっても手をつけない。

「品物を売りさばく時、そこから足がつくと要心しているのだと思います」

盗みの手口も鮮やかで、今のところ、三人組というだけしか手がかりもない。

「番町の大名家へ入ったのも、そいつらなのか」

「その可能性が濃いと思いますが……」

蕎麦がきで空腹をしのぎ、源三郎は又、雨の中を谷中のほうに出かけて行った。

やはり三人組に押し入られた商家を、改めて一軒ずつ調べ直しをするらしい。

「役目といいながら、源さんも苦労な話だ」

と東吾はるいに呟《つぶや》いたが、その夕方、いくらか雨が小やみになって来た中を、長助が尻っぱしょりで駈け込んで来た。

「畝の旦那と谷中の先へお供して行ったんですが、近くに人殺しがありまして……」

殺されたのが、和光尼にひっかかりのある者らしい、と聞いて、東吾はすぐに身仕度をした。

「猪牙《ちょき》で参りましたほうが、いくらかお楽《らく》なんですが、あいにく、この水量《みずかさ》で……」

濁った水が音をたてて激しく流れている大川をみて、長助がすまなそうにいう。

「なあに、いい具合に雨も上りそうだ。谷中ぐらい、なんてことはないぜ」

長助のほうはぬかるみの中を往復することになる。

だが、東吾が仕度をしている間に、お吉が湯漬の用意をしてくれたので、それをかっ込んだ長助は元気を取り戻している。

八丁堀から神田へ抜けて、不忍池のへりを通って谷中へ続く道を、長助は途中から駒込へ向けた。

四ツ寺町から吉祥寺の裏側へ出る。

その附近は百姓地で、ぽつんぽつんと武家屋敷がみえる。

「あいすみません。もう一息で……」

長助が荒い息を吐き、東吾は長助をいたわった。

「俺は大丈夫だが、長助は随分、遠くから来たもんだな」

田の道はまっ暗で、長助も東吾も提灯の蠟燭《ろうそく》をつけ替えた。これが二本目である。

幸い、雨はすっかり上って、蛙の声が姦《かしま》しいばかり。

小川にかかった土橋を渡って暫《しばら》く行くと、寺の門前に出た。

「普門寺じゃないか」

思わず東吾が口走ったのは、その寺の西行庵には五井和世が尼になった際、るいや源三郎と訪れていたからである。

「そうか、あの時は大川から舟で来たんで、今日は方角が違うからわからなかったんだ」

長助が舟で行けば、といった意味が漸《ようや》くわかって、東吾は提灯の火を消した。

普門寺の本堂の脇には、赤々と篝火《かがりび》が燃えていて、そこに人影が浮んでいる。

「東吾さん、御足労をおかけしました」

源三郎の背後から和光尼が頭を下げた。

「こちらに……、とりあえず見て頂きましょう」

戸板の上に菰《こも》をかぶせて、男の死体があった。

「脇腹と左の胸を突かれています」

凶器は匕首《あいくち》だろうと源三郎はいう。

「この男は……」

「森助といいまして、和光尼どののところへ琴を習いに来ているおみわと申す者の亭主です」

和光尼がそばからいった。

「私、この前、おるい様からお琴をおねだりして参りました。おみわさんのお稽古のために……」

東吾は手を上げて制した。

「死体はどこに……」

「みつかったのは、おみわさんの家の裏です」

戸板の横の暗がりに、茫然とすわり込んでいる女の手を取って、和光尼が立たせた。

「おみわさん、あちらで、くわしく事情をお話し申しましょう」

どうぞ、こちらに、と東吾と源三郎をうながして、先におみわをつれて西行庵のほうへ行く。

「実は、亭主の死体をみたとたんに、おみわが目を廻しましてね、正気づいたのは今しがたなんです。わたしは荒された家の中を調べに行ったりしていて、細かなことは聞いていないのです」

源三郎にいわれて、東吾は低声《こごえ》で問うた。

「源さん、谷中へ行ったんじゃなかったのか」

「そうです、谷中の地主の家へ、例の三人組の詮議に行きまして、ちょっとしたことを耳にしましてね」

源三郎が殆ど東吾の耳に口を寄せるようにしてつけ加えた。

「あとでお話ししますが、こっちへ来たのは、森助に話をきくためだったんです」

「森助……」

「一足違いで、仏にされちまいましたが……」

西行庵の中は、この前、東吾が来た時よりも狭くなった感じであった。

部屋の一つに、琴が三面、片寄せられているせいである。

もう一つの部屋に和光尼が座布団を並べた。

行燈《あんどん》の灯影《ほかげ》でみると、おみわという女は色白の器量よしで、吉原で働いていたにしては品もよく、素人くさい。身なりも地味で、化粧もしていなかった。

「なにからお話ししてよいやら……」

まだ石のように固くなって、口をきく気力もないようなおみわに代って、和光尼が男二人に茶を勧めながら口を切った。

「今日、おみわさんは朝の中《うち》から私の所へ来て居りました。御亭主が旅に出ている時は、いつもそうで、御自分のお稽古をしたり、私の弟子の、小さい子供達の代稽古をしてくれたりで大方一日をここで過します」

今日もその通りで、夕方、稽古が終ってから庵室を出て、家へ帰った。

「おみわさんの家は、この裏の道を少しばかり行った村のむこうで、大川のそばにございます」

一度、帰ったおみわがすぐに血相変えて戻って来た。

「家の中が荒されていると申しますので、泥棒が入ったと思い、普門寺さんへ声をかけまして、寺男の左平さんに一緒に行ってもらいましたら……」

入口の戸は蹴破られているし、土間にものが投げ出されていて……、

「なんと申しますか、大風が吹いたようで」

左平が寺へ知らせに戻り、ちょうど住職の説教を聞きに来ていた近所の老人達までが、おみわの家の様子をみに来た。

「そこへ、畝様が長助さんと一緒にお出《い》でになりまして……家のまわりを見まわって下さいましたら、森助さんが……」

源三郎が和光尼のあとを続けた。

「ちょうど、この裏の道が林の中を抜けて畑に出たところです。男が倒れて居りまして、長助と足あとをたどってみたのですが、おみわさんの家の戸口から畑の中を、少くとも三人以上の人間が行ったり来たりしたようです」

森助の死体がそこにあったということから推量すると、逃げる森助を追って何人かの人間が畑を走り、森助を殺して、家へ引き返したものと思われると源三郎はいった。

「すると、森助は一度、家へ帰って来て、そこで誰かに襲われ、逃げてこっちへ来ようとしたところを追いつかれて殺されたってことになるのか」

東吾の言葉に源三郎がうなずいた。

「その辺のところは現場をみて頂いたほうが確かだと思いますが……」

源三郎が来た時、すでに日は暮れかけていたし、雨のことで小暗くなっていた。

「森助は旅に出ていたそうだが、いつから、どこへ行ってたんだ」

東吾に視線を向けられて、おみわが重い口を開いた。

「出かけたのは三日前で……川越のほうにいい品物があるから仕入れに行くと……」

「今日、帰って来ることは……」

「知りませんでした。帰りはいつもわからないので……」

「御亭主は骨董の細工物の商いをしていたんだな」

「はい」

「金廻りはどうだった」

「それは……いいものが売れた時はまとまったお金が入りますので……」

「旅はしょっちゅうか」

「月の中、半分以上は旅です。一晩泊りの時もありますし、三、四日留守にすることも」

おみわの口が、少しずつ、ほぐれてきた。

「あんたは吉原に出ていたそうだな」

「京町の扇屋に二年ほど勤めました」

「森助とは、客で知り合ったのか」

「そうです」

「身請けの金は安くなかったと思うが……」

勤めて二年の妓である。

「ちょうど大きな商いがあったからだといってました。その他に長いこと働いて貯めておいたお金も遣い果したみたいで……」

おみわの目から涙があふれ出した。

「あたし、ありがたいと思って……いい人にめぐり会えたと手を合せていたんです」

東吾が和光尼をふりむいた。

「そこの……おみわの家というのは、もともと御亭主が住んでいたのか」

「いえ、持ち主は谷中の名主様で、隠居所に建てたそうですけど、あんまり寂しいのでお年寄りがいやになってしまって……」

涙を拭いたおみわが、かすれた声でいった。

「森助さんは、あたしを身請けするまで宿屋住いだったり、知り合いへ泊めてもらっていたりで決った家を持たなかったそうです。それで、どこかに手頃な家はないか探してくれといわれて……あたし、扇屋の傍輩《ほうばい》でおけいさんという人が、やっぱり身請けされて、川むこうにいるんです。おけいさんに頼んだら、谷中の名主さんの隠居所があいているって聞いて来てくれて……扇屋のほうで話をつけてくれたんです」

「川むこうのおけいか……」

東吾が思い出し、源三郎がいった。

「相変らず後家を通しています。近頃は畑仕事の他に、花作りまでしているようで……」

和光尼が西行庵へ入った頃に、この土地で起った事件にかかわり合いのあった女が、吉原時代、おみわの友達だったというのは、東吾や源三郎にとって初耳であった（「江戸の田植歌」参照）。

「そうすると、今の家へ住んだのは……」

「まだ半年になりません」

苦界から請け出されてほっとしたのも束の間、頼りにしている男が殺されてしまった。

「とにかく、この人の家はひどい荒されようでどうにもなりません。今夜は寺のほうで通夜をしてもらうように話をつけましたので……」

源三郎がいった時、長助が顔を出した。

通夜の用意が出来た知らせに来たものである。

三

本堂の通夜をすませて、おみわは和光尼が西行庵へつれて帰った。

東吾と源三郎と長助は、寺の好意で方丈の一室で夜をあかすことにした。

「大丈夫か、源さん。奥方が心配しているんじゃないのか」

東吾にいわれて、源三郎が白い歯をみせた。

「屋敷には、とっくに使《つかい》をやりました。ついでにかわせみにも声をかけておきましたから御心配なく……」

夜が更けて、気温が下がっていた。

長助は疲れ切ったらしく、すみで丸くなって鼾《いびき》をかいている。その長助に、住職が出してくれた夜具を着せかけてやり、源三郎は東吾の傍へ来てすわり直した。

「今日、手前が森助のところへ来ましたのは、例の三人組に入られた家で高価な細工物を売りに来た男の話を聞いたからなのです」

そもそもは二百両を盗まれた大名家だが、

「大層、珍しい鎌倉時代の唐獅子の置き物を入手する予定だったと申すのです」

用人がなかなかの骨董好きで、出入りの商人も少くないが、それでも飽き足りなくて、仲買人にまで声をかける。

仲買人は自分の店を持っていないが、骨董好きの固定客を廻って好みを知り、地方の素封家で珍しいものをみつけては取引をする。

骨董好きの人間は、欲しいものには金を惜しまないし、又、自分の持っているもので、あまり気に入っていなかったり、飽きてしまったりしたのを売り、別のものを入手したいと考えている場合、便利なのは仲買人であった。自分は表に出ないで、売ったり買ったりが出来る。

面倒なことを嫌う金持や、名前を出したくない武家奉公の者には、まことに具合のいい相手であった。

「その大名家の用人は、唐獅子の置き物を然《しか》るべき相手へ進物に使うつもりだったようですが、未《いま》だに、その仲買人が姿をみせないと申します」

「源さんは、その仲買人が森助だというのか」

「大名家で聞いた人相、年恰好が似ています。それと、同じような仲買人が谷中の地主のところにも来ていたそうで……」

三人組の賊が入る前のことで、

「地主はその男を通じて骨董の売り買いをしたり、娘の嫁入り仕度に高価な髪飾りなども求めたそうです。盗賊が入ってから、その仲買人はふっつり姿をみせていません」

それればかりか、地主の家の手代が、三人組に押し入られた時、暗がりにかくれていて、盗賊の顔をみたのだが、

「三人の賊の中の一人が、仲買人に似ていたと申しています」

「しかし、谷中といえば、ここからそう遠くもないが……」

その仲買人が森助だったとして、おみわと所帯を持っている家は豊島村である。

「かえって灯台もと暗しと申しましょうか、土地勘もあって便利ということも考えられます」

骨董の仲買人や高級な細工物の行商人として金持の家や大名家の用人と親しくなって、その家の様子を探り、盗賊に入る。

「そうすると源さん、森助を殺したのは、賊の仲間か」

った。

「多分、仲間割れではないかと思います」

森助を殺した仲間は、森助の家で乱暴なほど徹底した家探しをしていると源三郎はいった。

「夜があけたら、おみわの家へ行ってみましょう。とにかく、もの凄いですよ」

布団にくるまって横になると間もなく鶏鳴が聞えて来た。

雨はやんでいるが、どんよりとした朝である。

まだ、よくねむっている長助を残して、東吾と源三郎は普門寺の裏の小道を通って豊島村へ出かけた。

見渡す限り田と畑とで小さな林がその間にある。川霧が流れていた。

「森助の死骸のあったのは、ここです」

源三郎が立ち止って教えた。

土に血の痕《あと》が残っている。

「ここからだと、どんな声で叫んでも寺にも庵室にも聞えないな」

雨が降っていなければ田畑で働く人がいたかも知れないが、

「昨日は夕方まで、どしゃ降りでした」

その雨が、また霧のように降り出して来た。

走って川っぷちの家まで行く。

この隠居所に入った年寄りが寂しくていやだといい出したのも無理ではないと納得す

るほど、一軒だけ、ぽつんと建っている。

大川に沿って目をこらすと、遥か川上に豊島村の渡しがみえるのだが、そこまでの間も田畑で、川とは反対の方角に、ぼんやり寺の屋根がみえるのが西福寺であった。

「これじゃ白昼、人殺しがあったってわかりゃしねえな」

おみわの家は、源三郎が昨夜話した以上であった。

畳はあげられているし、火鉢の灰までぶちまけてある。たいした家具があるわけではないが、押入れから茶簞笥《ちゃだんす》から、手がつけられないほどの荒され方であった。

「成程、奴らは何かを探したんだな」

「探し物がみつかったと思いますか」

と源三郎。

「おそらく、そいつは今日中にわかるだろう」

目的のものがなんであれ、みつかっていれば何もいって来ないだろうし、さもなければ、

「黙って引き下る連中じゃあるまい」

小道を長助が傘を持って走ってきた。

「どうも、寝すごしちまってすみません」

和光尼が朝飯をと迎えに来てくれて目がさめたと、ぼんのくぼに手をやった。

西行庵へ行って、心尽しの朝粥《あさがゆ》を食べているところへ、源三郎のところの小者がやっ

て来た。

「神林様から昨夜遅く、お文を頂きまして……夜があけたら届けるようにとの仰せでございました」

源三郎が開けた文を、東吾ものぞき込んだ。

兄の通之進の筆蹟である。

　本夕刻、武州本木領大田の代官所より
　届けのこと、これあり、
という書き出しで、つまり西新井の大師堂の近くに住む芳五郎と辰次という者が盗賊だと知らせる密告の文が代官所へ投げ込まれたので、早速、捕方が向ったが、両名は逃亡して行方がわからない、万一、御府内へ立ち廻るかも知れないので何分よろしく、という報告が、昨日の夕方、町奉行所に入った。或いはかねて詮議中の三人組の盗賊と関係があるかも知れないので、至急、使をやるという旨が達筆で書かれていた。

「本木領大田といえば、豊島村の川むこうです」

大川をへだてて、向い側は代官所の縄張りである。

「芳五郎と辰次が、森助の一味か。そう考えると源さん、話の平仄《ひょうそく》が合って来るぞ」

森助は何かの理由で仲間を売った。それが代官所への密告である。しかし、芳五郎と辰次はそれを知っていち早く逃亡し、川むこうの森助の家を襲って、報復のため殺害した。

「森助は仲間がてっきり代官所に召捕られたと思い、安心して家へ帰って来たところを襲われたんだ」

東吾が膳を片づけているおみわに訊いた。

「お前、なにか森助からあずかっているものはないか。これは大事なものだとかいって、森助がお前に渡しておいたものとか……」

泣き出しそうな顔で、おみわが答えた。

「ありません。なにも……あの人は旅に出る時、いつも留守の間、なんとか食べられるほどのお金しかおいて行きませんし……」

帯の間から巾着を出した。さかさに振っても百文足らず。それが、おみわのありったけであった。

「それじゃ、やっぱり、家探ししてみつかったのかな」

首をひねって、東吾はおみわにいった。

「なんにしても、あの家を片づけるには二、三日はかかるぜ。その間、夜はここへ泊めてもらうことだな」

和光尼も勧めた。

「そうなさいまし、おみわさん。私なら、ちっともかまいませんよ」

その日は、森助の野辺送りで終った。

まだ森助が三人組の盗賊の一人と決ったわけではなく、おみわにも和光尼にも、よけいなことはいわないようにと源三郎が長助にいいふくめた。

で、おみわの稽古仲間や、琴の手ほどきをしてもらっている子の親なども集って来て、口々にくやみを述べたりした。

源三郎と東吾は八丁堀へ帰り、長助だけが残って供養の末席についていた。それも宵の中に終って人々は去り、おみわは和光尼と西行庵へ戻る。

この日も一日中降り続いた雨が、あいかわらず軒端《のきば》を濡らしていた。

二人の男が西行庵へ押し入ったのは、亥《い》の刻（午後十時）すぎであった。

すでに横になっていた和光尼とおみわが夢中で起き上ると、賊の一人は悠々と行燈に火をつけ、もう一人は脇差を抜いて、おみわに突きつけた。

「森助がお前にあずけたものがあるだろう。命が惜しけりゃ、そいつをこっちへ渡せ」

おみわが慄《ふる》えながら答えた。

「なにも、あずかってなんかいません。いったい、なにをあずかったっていうんですか」

髭《ひげ》の濃い男が喚いた。

「五百両だ、あいつ、俺達から五百両盗んで、おまけに訴人しやがったんだ」

「五百両なんてお金、みたこともありません。あたしは昨日、うちの人に会ってもいないし……」

「やかましいやい」

一人が立てかけてあった琴をひっくり返し、和光尼が思わず叫んだ。

「さわらないで下さい。それは大事なお琴なんです」

二人の男が顔を見合せ、いきなり琴を叩き割った。

「あったか」

「いや」

「こっちはどうだ」

和光尼が男に体当りしたのは、その琴が、るいからもらったものだったからである。

「なにしやがる」

男が和光尼を突きとばし、もう一人が脇差をひらめかした。

「御用だ」

とび込んで、和光尼をかばったのは長助で、握りしめた十手が辛くも脇差をはね返す。

「この野郎」

もう一人が匕首を抜き、長助が呼《よ》び笛《こ》を吹いた。吹きながら、匕首が突いて来るのを十手で叩き落す。が、別の一人が脇差をふり上げて、和光尼は抱えていた琴を振り廻した。

脇差が琴にぶつかって、ひどい音がした。

「畜生」

賊が逃げ出そうとした戸口に東吾が立った。

庭のほうからは源三郎がとび込んで来る。

「長助、怪我はないか」

「大丈夫で……」

東吾が当て身で倒したのと、源三郎が十手でなぐりつけた二人の賊は、長助がきりきりと縛り上げた。

四

芳五郎と辰次が白状して、全てが明らかになった。

森助は三人組の一味だったが、おみわと夫婦になってから、盗賊の足を洗いたいと考えるようになった。

仲間の二人を訴人し、行きがけの駄賃に三人で盗み貯めた五百両を盗んだ。

「芳五郎と辰次というのは兄弟でな。盗みの大方はこの二人が受け持って、森助はあらかじめ、押し込む相手の家の様子を探ったり、金の置き場所を調べたりするのが役目だったんだ。それで、どっちかというと分け前が二人よりも少い。殊におみわを請け出してからは、女房に気づかれるといけないという理由で、一度にまとまった金を渡してくれない。そういうことも森助の不満になっていたんだ」

十日余りの長雨で、しけっぽくなった部屋を乾かそうと、るいが長火鉢に火を入れ、それでなくとも、昨日からひどく蒸し暑くなっているところだから、いくら団扇《うちわ》を使っても汗が流れる。

それでも我慢して話を聞いている「かわせみ」一同の手前、東吾は麦湯を飲みながら話し続けた。

「大体、代官所がのんびりしているんだ。密告があって、その賊をつかまえそこなったら、すぐに町奉行所へ知らせりゃいいものを、二日ももたもたしやがって……」

その間に森助は仲間に殺害された。

「川のむこうとこっちで支配違いってのが間違いだな」

「五百両はどうなったんですか」

とお吉。

「出て来ねえんだよ」

森助とおみわ夫婦の家は床板まではがして調べたが、どこからも五百両は出て来ない。

無論、おみわは何も知らない。

「五百両と申しますと、けっこう、かさだかなもので、おいそれとかくせるものではございませんが……」

嘉助は、森助が家へ帰る前に、どこかへあずけたのではないかという。

「そいつも源さんが調べているが、今のところ、わからない」

それにしても、芳五郎と辰次が西行庵を襲うというのは、うっかりした、と東吾は苦笑した。

「てっきり、もう一ぺん探しに来るとしたら、森助の家のほうだろうと源さんと張り込んだんだがね」

念のため、長助に西行庵の見張りをさせておいてよかったと、あとになって冷汗が出た。

「長助親分は大働きしたみたいですね。十手で匕首や脇差と渡り合ったって……ちょいと得意そうでしたよ」

長助の手柄話をさんざん聞かされたお吉が口をとがらせた。

「でも、折角、うちのお嬢さんがさし上げたお琴をふみ割っちまうなんて……」

東吾がとりなした。

「賊は五百両が琴の中にかくされていると思い込んだんだ。それというのも、和光尼の和世さんがるいの琴を守ろうとして死物狂いになったもんだから……」

本当のところ、るいの琴は和光尼が長助を助けようとして賊をなぐりつけたために割れたのだったが、それだけはどうか、おるい様におっしゃらないで下さいと和光尼に両手を合せられて、東吾は長助の名誉のためにも口に出せない。

「あたしのお琴なんぞ、どうでもいいけれど、西行庵のお琴がみんなこわされてしまって、和世様はお稽古にお困りでしょうね」

るいが眉をひそめ、東吾がいった。

「とりあえずは稽古用の安物を借りて間に合せているようだが、琴っていうのは、ものがよくないと音色も悪いそうだな」

「まるっきり違うんですよ、いいお琴と悪いのでは。あたしみたいな素人にも、はっきりわかるくらい……」

「いい琴ってのは高いんだろうな」

「上はきりがありませんって……」

お吉が知ったかぶりで得意そうに喋り出した。

「ほら、お嬢さん、むかしむかし、八丁堀にいらした時分、高柳春芳先生のお宅でみせて頂いたじゃありませんか、春芳先生御秘蔵の、八ツ橋の銘のあるお琴で……まあ金蒔《きんまき》絵《え》で八ツ橋の模様が描かれているんです。ああいうのは何百両出したって容易に手に入るものじゃないって……」

るいが笑い出した。

「そういうのは、お大名のお姫様とか、春芳先生のような名人しかお持ちにならないのよ」

なんにしても、三人組がつかまったのだから、お琴ぐらいは仕方がないと、その時の「かわせみ」一同はうなずき合ったのだが、この事件には後日談がある。

それから半年ほどして、西行庵に厄介になっているおみわのところへ、日本橋の「井筒屋」という琴や三味線の店では一流中の一流という老舗《しにせ》の番頭が、

「御註文のお琴が漸《ようや》く出来上って参りましたので……」

立派な琴を届けに来た。

最初は間違いかと思ったのだが、よくよく訊いてみると、

「御主人様が半年前に店へおいでになりまして……」

五百両で、ごく上等の琴をという。

「そのような特別のお品は、店にはおいてございません。大方が御註文でこしらえますもので……」

ただ、たまたま、その価に見合う極上の琴が或る琴師のところで製作中なのを知っていたので、

「半年ほどお待ち頂けませんかと申しましたところ、かえって好都合だとおっしゃいまして、その場で五百両を先払いなさいました」

長いこと、お待たせ致しました、と挨拶されて、和光尼が、はっと気づいた。

とりあえず、井筒屋の番頭には帰ってもらい、すぐ使をやって畝源三郎に知らせた。

調べによって、その琴は、森助が殺害される前日、井筒屋に註文したものと判明した。

「森助は、五百両のかくし場所に困ったのでしょう。多分、骨董をやっていて、上等な琴がどのくらいするかを知っていた。先払いで琴を註文しておけば、ほとぼりのさめた頃に出来上ってくる。その上でまた処分するなり、方法はいろいろあったと思います」

ひょっとすると、女房への贈り物のつもりだったのかもと、源三郎が笑っている。

おみわは勿論、そんな琴を受け取るつもりもない。

「源さんの話だと、百千鳥《ももちどり》という銘がついていてね、金蒔絵で千鳥が一面に描いてあるんだそうだ。どうしたって、こりゃあ大名物だろう」

「どうなりましたんですか。そのお琴……」

暮も押しつまった「かわせみ」で、再び、琴談議がむし返された。

「八丁堀は気がきいてるよ。例の二百両、三人組に盗まれた番町の大名家のお姫様が嫁入り道具に琴を註文しているってのを聞きつけてね、結局、その店を仲介にして、百千鳥の琴をお目にかけたら、是非にと御所望で六百両でお買い上げになるというのを、四百両に値引した。つまり、二百両盗まれた分を差引いたんだ」

琴の代金、四百両の中、三百両は三人組に盗まれたところへ各々、返してやって、

「残ったのが百両だ」

東吾が嬉しそうに「かわせみ」の連中を見廻した。

「けっこう上等の琴が五十両で三面買えた。そいつは西行庵に届けられて、半分の五十両はおみわの年越しさ」

夫が盗賊だったことが世間に知れて肩身せまく暮していたおみわのために、どこか知らない土地に住いをみつけ、そこで琴を教えて生きて行けるように。

「源さんってのは、全く面倒みがいいからなあ」

自分も一緒になって奔走したことは棚に上げ、東吾は長助が届けて来た年越し用の蕎麦粉で、一足早く作った蕎麦がきを旨そうに食べている。

本書は一九九五年十月に刊行された文春文庫「雨月　御宿かわせみ17」の新装版です。

本書の無断複写は著作権法上での例外を除き禁じられています。
また、私的使用以外のいかなる電子的複製行為も一切認められておりません。

文春文庫

雨《う》　月《げつ》　御宿《おんやど》かわせみ17

定価はカバーに
表示してあります

2005年12月10日　新装版第1刷
2023年6月30日　　第7刷

著　者　平《ひら》岩《いわ》弓《ゆみ》枝《え》
発行者　大沼貴之
発行所　株式会社　文藝春秋

東京都千代田区紀尾井町3-23　〒102-8008
TEL　03・3265・1211(代)
文藝春秋ホームページ　http://www.bunshun.co.jp

落丁、乱丁本は、お手数ですが小社製作部宛お送り下さい。送料小社負担でお取替致します。

印刷製本・凸版印刷

Printed in Japan
ISBN978-4-16-716899-5

（　）内は解説者。品切の節はご容赦下さい。

平岩弓枝
鏨師《たがねし》
無銘の古刀に名匠の偽銘を切る鏨師と、それを見破る刀剣鑑定家。火花を散らす厳しい世界をしっとりと描いた直木賞受賞作「鏨師」のほか、芸の世界に材を得た初期短篇集。（伊東昌輝）
ひ-1-109

平岩弓枝
秋色
（上下）

有名建築家と京都の名家出身の妻、この華麗なる夫婦の実態は……。シドニー、麻布、銀座、奈良、京都、伊豆山と舞台を移して、華やかに、時におそろしく展開される人間模様。

ひ-1-126

平岩弓枝
花影の花
大石内蔵助の妻
大石内蔵助の妻の視点から描いた平岩弓枝版忠臣蔵。華々しく散った夫の陰で、期待に押しつぶされる息子とひたむきに生きた妻。家族小説の名手による感涙作。吉川英治文学賞受賞作。
ひ-1-129

平岩弓枝
御宿かわせみ
「初春の客」「花冷え」「卯の花匂う」「秋の蛍」「倉の中」「師走の客」「江戸は雪」「玉屋の紅」の全八篇を収録。江戸大川端の小さな旅籠「かわせみ」を舞台とした人情捕物帳シリーズ第一弾。

ひ-1-201

平岩弓枝
江戸の子守唄
御宿かわせみ2
表題作ほか、「お役者松」「迷子石」「幼なじみ」「宵節句」「ほととぎす啼く」「七夕の客」「王子の滝」の全八篇を収録。四季の風物を背景に、下町情緒ゆたかに繰りひろげられる人気捕物帳。
ひ-1-202

平岩弓枝
水郷から来た女
御宿かわせみ3
表題作ほか、「秋の七福神」「江戸の初春」「湯の宿」「桐の花散る」「風鈴が切れた」「女がひとり」「夏の夜ばなし」「女主人殺人事件」の全九篇。旅籠の女主人るいと恋人で剣の達人・東吾の活躍。
ひ-1-203

平岩弓枝
山茶花《さざんか》は見た
御宿かわせみ4
表題作ほか、「女難剣難」「江戸の怪猫」「鴉を飼う女」「鬼女」「ぼてふり安」「人は見かけに」「夕涼み殺人事件」の全八篇。女主人るい、恋人の東吾とその親友・畝源三郎が江戸の悪にいどむ。
ひ-1-204

平岩弓枝
幽霊殺し
御宿かわせみ5
表題作ほか、「恋ふたたび」「奥女中の死」「川のほとり」「源三郎の恋」「秋色佃島」「三つ橋渡った」の全七篇。江戸の風物と人情、そして、「かわせみ」の女主人るいと恋人の東吾の色模様も描く。
ひ-1-205

平岩弓枝
狐の嫁入り
御宿かわせみ6
表題作ほか、「師走の月」「迎春忍川」「梅一輪」「千鳥が啼いた」「子はかすがい」の全六篇を収録。美人で涙もろい女主人るい、恋人の東吾、幼なじみの同心・畝源三郎の名トリオの活躍。
ひ-1-206

平岩弓枝
酸漿《ほおずき》は殺しの口笛
御宿かわせみ7
表題作ほか、「春色大川端」「玉菊燈籠の女」「能役者、清大夫」「冬の月」「雪の朝」の全六篇を収録。おなじみの人物を縦横に活躍させて、江戸の風物と人情を豊かにうたいあげる。
ひ-1-207

平岩弓枝
白萩屋敷の月
御宿かわせみ8
表題作ほか、天野宗太郎が初登場する「美男の医者」「恋娘」「絵馬の文字」「水戸の梅」「持参嫁」「幽霊亭の女」「藤屋の火事」の全八篇。ご存じ〝かわせみ〟の面々が大活躍する人情捕物帳。
ひ-1-208

平岩弓枝
一両二分の女
御宿かわせみ9
表題作ほか、「むかし昔の」「黄菊白菊」「猫屋敷の怪」「藍染川」「美人の女中」「白藤検校の娘」「川越から来た女」の全八篇。江戸の四季を背景に、人間模様を情緒豊かに描く人気シリーズ。
ひ-1-209

平岩弓枝
閻魔まいり
御宿かわせみ10
表題作ほか、「蛍沢の怨霊」「金魚の怪」「露月町・白菊蕎麦」「源三郎祝言」「橋づくし」「星の降る夜」「蜘蛛の糸」の全八篇収録。小さな旅籠を舞台にした、江戸情緒あふれる人情捕物帳。
ひ-1-210

平岩弓枝
二十六夜待《にじゅうろくやまち》の殺人
御宿かわせみ11
表題作ほか、「神霊師・於とね」「女同士」「牡丹屋敷の人々」「源三郎子守歌」「犬の話」「虫の音」「錦秋中仙道」の全八篇。今日も〝かわせみ〟の人々の推理が冴えわたる好評シリーズ。
ひ-1-211

（　）内は解説者。品切の節はご容赦下さい。

平岩弓枝
夜鴉《よがらす》おきん
御宿かわせみ12

江戸に押込み強盗が続発、「かわせみ」へ届けられた三味線流しおきんの結び文が解決の糸口となる。他に名品と評判の「岸和田の姫」「息子」「源太郎誕生」など全八篇の大好評シリーズ。

ひ-1-212

平岩弓枝
鬼の面
御宿かわせみ13

節分の日の殺人、現場から鬼の面をつけた男が逃げて行った。表題作の他「麻布の秋」「忠三郎転生」「春の寺」など全七篇。大川端の御宿「かわせみ」の面々による人情捕物帳。（山本容朗）

ひ-1-213

平岩弓枝
神かくし
御宿かわせみ14

神田界隈で女の行方知れずが続出する。神かくしはとかく色恋のつじつまあわせに使われるというが……東吾の勘がまたも冴える。御宿「かわせみ」の面々がおくる人情捕物帳全八篇。

ひ-1-214

平岩弓枝
恋文心中
御宿かわせみ15

大名家の御後室が恋文を盗まれ脅される。八丁堀育ちの血が騒ぎ、東吾がまたひと肌脱ぐも……。表題作ほか、るいと東吾が晴れて夫婦となる「祝言」「雪女郎」「わかれ橋」など全八篇収録。

ひ-1-215

平岩弓枝
八丁堀の湯屋
御宿かわせみ16

八丁堀の湯屋には女湯にも刀掛がある、という八丁堀七不思議の一つが悲劇を招く。表題作ほか、「ひゆたらり」「びいどろ正月」「煙草屋小町」など全八篇。大好評の人情捕物帳シリーズ。

ひ-1-216

平岩弓枝
雨月
御宿かわせみ17

生き別れの兄を探す男が、「かわせみ」の軒先で雨宿りをしていた。兄弟は再会を果たすも、雨の十三夜に……。表題作ほか「尾花茶屋の娘」「春の鬼」「百千鳥の琴」など全八篇を収録。

ひ-1-217

平岩弓枝
秘曲
御宿かわせみ18

能楽師・鷺流宗家に伝わる一子相伝の秘曲を継承した美少女に魔の手が迫る。事件は解決をみるも、自分の隠し子らしき男児が現われ、東吾は動揺する。「かわせみ」ファン必読の一冊！

ひ-1-218

平岩弓枝
かくれんぼ
御宿かわせみ19

品川にあるお屋敷の庭でかくれんぼをしていた源太郎と花世は隣家に迷い込み、人殺しを目撃する。事件の背後には――。表題作ほか「マンドラゴラ奇聞」「江戸の節分」など全八篇収録。

ひ-1-219

平岩弓枝
お吉《きち》の茶碗
御宿かわせみ20

「かわせみ」の女中頭お吉が、大売り出しの骨董屋から古物を一箱買い込んできた。やがて店の主が殺され、東吾はお吉の買物の中身から事件解決の糸口を見出す。表題作ほか全八篇。

ひ-1-220

平岩弓枝
犬張子の謎
御宿かわせみ21

花見の道すがら、るいが買った犬張子には秘められた仔細があった。玩具職人の、孫に向けた情愛が心を打つ表題作ほか「独楽と羽子板」「鯉魚の仇討」「富貴蘭の殺人」など全八篇収録。

ひ-1-221

平岩弓枝
清姫おりょう
御宿かわせみ22

宿屋を狙った連続盗難事件の陰に、江戸で評判の祈禱師、清姫稲荷のおりょうの姿がちらつく。果してその正体は？「横浜から出て来た男」「穴八幡の虫封じ」「猿若町の殺人」など全八篇。

ひ-1-222

平岩弓枝
源太郎の初恋
御宿かわせみ23

七歳になった初春、源太郎が花世の歯痛を治そうとして巻き込まれたのは放火事件だった――。表題作ほか、東吾とるいに待望の長子・千春誕生の顚末を描いた「立春大吉」など全八篇収録。

ひ-1-223

平岩弓枝
春の高瀬舟
御宿かわせみ24

江戸で屈指の米屋の主人が高瀬舟で江戸に戻る途上、変死した。懐中にあった百両もの大金から下手人を推理する東吾の活躍を描く表題作ほか、「二軒茶屋の女」「紅葉散る」など全八篇。

ひ-1-224

平岩弓枝
宝船まつり
御宿かわせみ25

宝船祭で幼児がさらわれた。時を同じくして「かわせみ」に逗留していた名主の嫁が失踪。事件の背後には二十年前の同様の子さらいが……。表題作ほか「冬鳥の恋」「大力お石」など全八篇。

ひ-1-225

文春文庫　平岩弓枝の本

（　）内は解説者。品切の節はご容赦下さい。

平岩弓枝
長助の女房
御宿かわせみ26
長寿庵の長助がお上から褒賞を受けた。町内あげてのお祭騒ぎの中、一人店番の女房おえい。が、おえいの目の前で事件が。表題作ほか「千手観音の謎」「嫁入り舟」「唐獅子の産着」など全八篇。
ひ-1-226

平岩弓枝
横浜慕情
御宿かわせみ27
横浜で、悪質な美人局《つつもたせ》に身ぐるみ剝がれたイギリス人船員のために、一肌脱いだ東吾だが、相手の女は意外にも……。異国情緒あふれる表題作ほか「浦島の妙薬」「橋姫づくし」など全八篇。
ひ-1-227

平岩弓枝
佐助の牡丹
御宿かわせみ28
富岡八幡宮恒例の牡丹市で持ち上がった時ならぬ騒動。果して一位になった花はすり替えられたのか？　表題作ほか「江戸の植木市」「水売り文三」「あちゃという娘」など全八篇収録。
ひ-1-228

平岩弓枝
初春弁才船
御宿かわせみ29
新酒を積んで江戸に向かった荷船が消息を絶つ。「かわせみ」の人々が心配する中、その船頭の息子は……。表題作ほか、「宮戸川の夕景」「丑の刻まいり」「メキシコ銀貨」など全七篇。
ひ-1-229

平岩弓枝
鬼女の花摘み
御宿かわせみ30
花火見物の夜、麻太郎と源太郎の名コンビは、腹をすかせた幼い姉弟に出会う。二人は母親の情人から虐待を受けていた。表題作他「白鷺城の月」「初春夢づくし」「招き猫」など全七篇。
ひ-1-230

平岩弓枝
江戸の精霊流し
御宿かわせみ31
「かわせみ」に新しくやって来た年増の女中おつまの生き方と精霊流しの哀感が胸に迫る表題作ほか、「夜鷹そばや五郎八」「野老沢の肝っ玉おっ母あ」「昼顔の咲く家」など全八篇収録。
ひ-1-231

平岩弓枝
十三歳の仲人
御宿かわせみ32
女中頭お吉の秘蔵っ子、働き者のお石の縁談に涙する「かわせみ」の人々。覚悟を決めたお石は意中の人と結ばれるのか。表題作ほか、「成田詣での旅」「代々木野の金魚まつり」など全八篇。
ひ-1-232

平岩弓枝
小判商人
御宿かわせみ33

日米間の不平等な通貨の流通を利用して、闇の両替で私腹を肥やす小判商人。その犯罪を追って東吾や源三郎、麻太郎や源太郎が活躍する表題作ほか、幕末に揺れる江戸を描く全七篇を収録。

ひ-1-233

平岩弓枝
浮かれ黄蝶
御宿かわせみ34

麻生家に通う途中で見かけた新内流しの娘の視線に、思惑を量りかねる麻太郎だが……。表題作ほか、「捨てられた娘」「清水屋の人々」など「江戸のかわせみ」の掉尾を飾る全八篇。

ひ-1-234

平岩弓枝
新・御宿かわせみ

時は移り明治の初年。幕末の混乱は「かわせみ」にも降り懸かる。次代を背負う若者たちは悲しみを胸に抱えながらも、激動の時代を確かに歩み出す。大河小説第二部、堂々のスタート。

ひ-1-235

平岩弓枝
華族夫人の忘れもの
新・御宿かわせみ2

「かわせみ」に逗留する華族夫人の蝶子は、思いのほか気さくな人柄。しかし、常客の案内で、築地居留地で賭事に興じて、るいの留守を預かる千春を心配させる。表題作ほか全六篇を収録。

ひ-1-236

平岩弓枝
花世の立春
新・御宿かわせみ3

「立春に結婚しましょう」——七日後に急に祝言を上げる決意をした花世と源太郎はてんてこ舞いだが、周囲の温かな支援で無事祝言を上げる。若き二人の門出を描く表題作ほか六篇。

ひ-1-237

平岩弓枝
蘭陵王の恋
新・御宿かわせみ4

麻太郎の留学時代の友人・清野凜太郎登場！　凜太郎は御所に仕える楽人であった。凜太郎と千春は互いに思いを募らせていく。表題作ほか「麻太郎の友人」「姨捨山幻想」など全七篇。

ひ-1-238

平岩弓枝
千春の婚礼
新・御宿かわせみ5

婚礼の日の朝、千春の頰を伝う涙の理由を兄・麻太郎は摑みかねていた。表題作ほか、「宇治川屋の姉妹」「とりかえばや診療所」「殿様は色好み」「新しい旅立ち」の全五篇を収録。

ひ-1-239

本の話

読者と作家を結ぶリボンのようなウェブメディア

文藝春秋の新刊案内と既刊の情報、
ここでしか読めない著者インタビューや書評、
注目のイベントや映像化のお知らせ、
芥川賞・直木賞をはじめ文学賞の話題など、
本好きのためのコンテンツが盛りだくさん！

https://books.bunshun.jp/

文春文庫の最新ニュースも
いち早くお届け♪

文春文庫のぶんこアラ